DOCE PARAÍSO

Sergio Faraco

DOCE PARAÍSO

Ilustrações de GILMAR FRAGA

2ª edição ampliada

L&PM EDITORES

Primeira edição: L&PM Editores, em 1987
Segunda edição: ampliada e ilustrada, em 2008

Capa: Ivan Pinheiro Machado sobre ilustração de Gilmar Fraga
Ilustrações: Gilmar Fraga
Revisão: Jó Saldanha

CIP-Brasil. Catalogação-na-Fonte
Sindicato Nacional dos Editores de Livros, RJ

F225d
2.ed.

Faraco, Sergio, 1940-
    Doce paraíso / Sergio Faraco; ilustrações de Gilmar Fraga. – 2.ed.
– Porto Alegre, RS : L&PM, 2008.
    96p. : il.

    ISBN 978-85-254-1825-8

    1. Conto infanto-juvenil brasileiro. I. Fraga, Gilmar, 1968-. II. Título.
III. Série.

08-3699.   CDD: 028.5
                         CDU: 087.5

© Sergio Faraco, 2008

Todos os direitos desta edição reservados a L&PM Editores
Rua Comendador Coruja 314, loja 9 – Floresta – 90220-180
Porto Alegre – RS – Brasil / Fone: 51.3225.5777 – Fax: 51.3221-5380

PEDIDOS & DEPTO. COMERCIAL: vendas@lpm.com.br
FALE CONOSCO: info@lpm.com.br
www.lpm.com.br

Impresso no Brasil
Primavera de 2008

Sumário

A língua do cão chinês 7
Irene 11
Viagem ao fim do mundo 15
Três cabelos 19
Clareava o dia 23
Idolatria 29
Verdes canas de agosto 33
Outro brinde para Alice 37
Três segredos 41
Sermão da montanha 49
Uma casa ao pé do rio 55
Guerras greco-pérsicas 59
Quatro gringos na restinga 63
Não chore, papai 69
Majestic Hotel 73
Doce paraíso 77
A touca de bolinha 83
Neste entardecer 91

A língua do cão chinês

A mãe não quis que o menino fosse à escola e, durante o dia, não o deixou sair ao pátio. Nem era preciso proibir, ele estava abatido, quieto. Passou a manhã e parte da tarde ora a ver televisão, ora a brincar sem vontade com sua coleção de estampas do Chocolate Surpresa. Condoída, quis animá-lo. Sentou-se ao seu lado no chão e escolheu uma estampa.

– Como é o nome desse cachorrinho?

Ele olhou, mas não respondeu.

À tardinha, deu-lhe outra colher de xarope. Minutos depois, quando voltou ao quarto, encontrou-o dormindo no tapete e o levou para a cama. Antes de cobri-lo, mediu a temperatura. Não tinha subido, era um bom sinal e amanhã, com certeza, voltaria ao normal.

Deu um beijo nele e o deixou.

O menino dormiu até as primeiras horas da noite. Ao acordar, descoberto e com frio, viu o quarto às escuras e não o reconheceu. Chegou a chamar a mãe, mas logo começou a discernir objetos familiares – as estrelinhas do teto, a silhueta do urso sobre o roupeiro, o quadro da Virgem – e, sossegado, adormeceu novamente.

Não viu, portanto, quando a mãe entrou no quarto e pôs a mão em sua testa, nem ouviu quando ela disse ao marido, que esperava à porta:

– Está sem febre.

Tampouco ouviu quando ele convidou:

– Vamos comemorar?

Tornou a acordar, mais tarde – passava da meia-noite. Não sentia frio e, ao contrário, estava suando. Pensou que era de manhã e estranhou a escuridão do quarto, a casa silenciosa, tanto quanto a rua. Esperou que a mãe viesse ajudá-lo a vestir-se, mas ela não apareceu. E ele estava ansioso por brincar. Pulou a guarda da cama e procurou, no tapete, as estampas do chocolate.

Brincou como brincaria um menino cego, tentando descobrir a estampa do Chow Chow. Era o cachorrinho de que mais gostava, com seu focinho chato e sua língua roxa. Tinha aprendido ali que o Chow Chow e outro cão chinês, o Shar Pei, eram os únicos no mundo com a língua daquela cor.

Logo se cansou desse jogo de sombras.

Calçou os chinelinhos e, tateando, alcançou a porta. Abriu-a e tomou o pequeno corredor que levava ao quarto dos pais. No corredor não havia luz, no quarto, pelas venezianas, esgueiravam-se fachos da iluminação da rua. Olhou para a cama e viu aquela massa informe, uma montanha – foi o que pensou – a se sacudir sob as cobertas. E em seguida a voz do pai, não mais do que um murmúrio, e compreendeu que ele estava em cima de sua mãe, esmagando-a com seu peso. Ouviu-a gemer e pensou, horrorizado, que ela estava sofrendo. Mas o cobertor desceu dos ombros de seu pai e ele pôde ver que aqueles ombros estavam nus, e nus também estavam os ombros da mãe. E que eles se abraçavam e se beijavam na boca, algo que, por algum motivo, lembrou-lhe a língua do Chow Chow.

Abraços, beijos, gemidos e suspiros, depois o riso abafado da mãe, não, ninguém estava sofrendo, aquilo era um brinquedo que eles tinham inventado.

E retornou, sem fazer ruído, ao seu quarto escuro. Arrumou os chinelinhos debaixo da cama e subiu pela guarda. Olhava para o teto, para as estrelinhas que o pai tinha colado, imitando o céu, e via entre elas um cometa que parecia uma língua e sentia uma dor forte no peito, uma dor dolorosa, uma dor cheia de dor: eles querem brincar sozinhos, eles não gostam mais de mim.

Irene

A porta do banheiro se abriu e a negra Irene entrou com uma toalha na mão. Pendurou-a na torneira e ficou me olhando, as munhecas na cintura.

– Já vi tudo, esse banho não prestou.

Não contestei, a mãe sempre dizia: "Cuidado com essa tal de Irene". E me cobri com a toalha. Há uma crendice popular que suspeita das pessoas magras e considera as gordas dignas de confiança. Irene era baixa, larga, redonda, mas – dizia a mãe – como confiar em quem botava homem de noite no quintal? Do que ocorria, entre gemidos, suspiros, correrias, nada se sabia, senão que parecia amor de gato. E que Irene no outro dia despertava de maus bofes, circulava pela casa como um torpedo submarino, derrubando copos, panelas e até pote com folhagem, era um deus-nos-acuda e a mãe se arreliava: "Abram alas que aí vem a patrola do dáier"*. Passava tão ligeiro que deixava um ventinho atrás, às vezes com a blusa se abrindo e uma teta do lado de fora. A mãe explodia: "Esconde o ubre, oferecida". E a mandava encilhar os peitos numa camiseta de física. Irene, com lágrimas nos olhos, ia se debruçar no tanque. Arrancava a camiseta e passava a mão na roupa suja, misturando tudo: os sutiãs da mãe com cheirinho

---

* DAER: Departamento Autônomo de Estradas de Rodagem, responsável pela conservação das estradas estaduais. (N.E.)

de alfazema, os carpins azedos do pai, os panos da casa, os guardanapos e as próprias calças dela, que cheiravam a sovaco. Ensaboava tudo junto e esfregava às bofetadas, a teta se balançando sobre o tanque como um pêndulo furioso. Mas a mim me esfregava Irene com brandura.

– Baixa mais a cabeça, seu. E olha que limpinho dos anzóis carapuça, agora vai tirando a toalha e não carece envermelhar, seu colhudinho.

– Levanta.

Me ensaboou com espalhafato. No instante em que tocou nas minhas partes olhava para o lado, erguendo as sobrancelhas, tão espessas que pareciam dois bigodes.

– Pronto, prontinho, vem aqui que eu te seco.

Ajoelhou-se, mordendo a língua, perigosamente próxima a soberba carapinha, floresta onde habitavam leões ferozes. Um talquinho, frô? E com o tempo aprendi que na linguagem dela *frô* era véspera de ataque.

– Bonitinho – disse, entre nuvens de talco. – Ui, como é durão!

Arregalava os olhos, mas o assombro era fingido. E sabia ser jeitosa, querendo, essa tal de Irene, fazia tudo de mansinho, delicadamente, como se tivesse nas mãos um bibelô de porcelana. Às vezes ria sozinha, decerto redimida naquela casa em que uma teta pendurada dava escândalo.

– Foi bom? Gostou?

Levantou-se, apertando as cadeiras doídas. De novo me cobri com a toalha e então ela me agarrou, me beijou na boca com violência.

– Tu é meu!

Espiou pela porta, escutou e saiu, me deixando todo branco de talco, grogue e com um porre de fumo na boca.

Viagem ao fim do mundo

Minha cidade não raro era visitada por ciganos e assim que chegavam já iam se espalhando, transformando nossas quietas ruazinhas numa feira de tachos, adivinhações e sons guturais. Acampavam na várzea do rio, a gente via de longe os toldos de lona rasgada, o Ford modelo-A, os varais da carne-seca, a correria dos ciganinhos pelos sulcos do arroz.

Não direi que todas as pessoas os detestavam, mas havia certa reserva, sim, quem sabe antipatia, e tratando-se dos brigadianos, verdadeiro pavor. Eles eram criaturas de costumes estranhos, roupas estranhas, uma língua mais estranha ainda, e o pior não era a sociedade com o diabo, que se dizia que tinham, mas se aproveitarem dessa parceria para enganar as gentes.

Para mim, que já ouvira muitas histórias de logros, sumiços e magias, até casos de amor e sangue, a chegada dos ciganos era um pesadelo. Receava por mim, decerto, mas o primeiro medo era por minha mãe: era a única mãe da cidade que não se benzia quando passavam e até gostava de prosear com eles, para poder imitá-los na hora da janta. Achava eu que ela era meio bocó, não se dava conta de que os ciganos eram sujos e trampolos, roubavam galinhas, comiam gatos, talvez ratos, e querendo, podiam levar qualquer um para o Fim do Mundo.

E foi assim que, tendo os ciganos voltado, voltaram também os meus receios. Passei a correr a tramela do portão quando um deles apontava na esquina, e sob qualquer pretexto carreteava minha doce bocó para o fundo do quintal: eram as romãs que estavam vermelhinhas, a rola que fazia seu ninho na parreira, um rastro de gambá no galinheiro... Ela gostava desses bordejos fora de hora, passava a mão nos meus cabelos, dizia que eu era o seu querido. Fui mais longe. Atirei o galo no pátio do vizinho e entrei em casa aos gritos:

– Mãe, um cigano roubou o galo.

Ela ficou tiririca, porque o galo era antigo e trabalhador, mas na manhã seguinte o traidor estava de volta ao poleiro, atropelando as frangas. A traição lhe custou uma vassourada, mas o mal estava feito: a mãe se arrependeu do mau juízo e, para redimir-se, prometeu comprar um tacho.

Uma tarde dei com um cigano no portão, vá matraca com ela. É tanto, não é tanto, então eu faço tanto e me dá tanto, estavam os dois num retouço bárbaro e eu senti que, se não fizesse alguma coisa, ia perder a mãe, que podia ser bocó, mas era a única que eu tinha. Entrei em casa como quem nada viu e saí pelo pátio do vizinho, armado com um terrível bodoque de borracha de trator, feito especialmente para corvos e ladrões de mães.

Encontrei o cigano já na praça, atrás de um arbusto. Ele urinava, o que me deixou mais exaltado. Apontei na cabeça. A pedrinha zuniu na folharada, ouvi um baque, um grito, sem demora o cigano a bufar no meu garrão. Foi uma corrida louca, até que avistei um brigadiano.

– Seu guarda, ele tava mijando na praça!

Os brigadianos, esses sim, odiavam os ciganos, por causa do mau costume deles de urinar nas praças. Um dia vi um cigano aliviar-se no monumento do fundador. Raça braba, disse um homem. Outro queixou-se para o guarda

que a gente já não podia sentar na praça, que aquilo era uma pouca-vergonha, e o guarda abriu os braços, querendo dizer, decerto, que eles sempre tinham mijado e não adiantava fazer nada, iam continuar mijando até o final dos tempos. O homem ficou indignado e eu também.

Aí está por que os brigadianos viviam com os ciganos cruzados na garganta, e aquele que chamei nem piscou. Agarrou o bruto e tocou-o por diante. Vi os olhinhos dele faiscando, como a dizer te pego filho dessa e daquela. Fiquei admirado, ele me olhava como se tivesse razão.

Mais tarde fui espiar o cigano na delegacia, mas ele não estava lá. Passaram-se uns dias, e como o acampamento continuava na várzea do rio e não dava sinal de viagem, eu quase não saía de casa e se o fazia era com redobrado cuidado, espiando nas esquinas, nas alamedas das praças e, principalmente, nos portões das casas, por onde eles enveredavam com seus tachos e demais traficâncias. À noite revisava janelas, portas, chaves, e ruídos estranhos me erguiam o coração à boca.

Uma semana depois houve o temido encontro e, fatalidade, eu o vi novamente urinando, só que em outra praça. Mordia a língua e urinava sem parar, como esses cães que ficam presos e um dia fogem para a rua. Depois veio andando, chegando mais perto, tinha um curativo na cabeça e os olhos machucados, com manchas violáceas ao redor. Veio andando e veio e veio e eu ali parado, frio, pensando na viagem ao Fim do Mundo. Comecei a tremer. Cheguei a abrir a boca para dar um grito, mas ele nem ao menos parou ao cruzar por mim. Me olhou, com aquele jeito debochado que os ciganos têm:

– Tu aí, nunca viu ninguém mijá?

Três cabelos

Quando a mãe entrou em casa, esbaforida, avisando que Seu Florêncio tinha morrido, o guri pensou bem-feito e que, no dia seguinte, não precisaria ir ao colégio – não era o que acontecera no mesmo ano, quando morrera outro velhinho?

A mãe lamentava:

– Pobre da Dona Filomena, sozinha no mundo...

Seu Florêncio era um velho brancarrão e barrigudo que morava defronte. Uma rica pessoa, costumava dizer a mãe. Para o guri, um carrasco. A bola caía no pátio dele? Não devolvia. E não lhe tomara um bodoque? Isso sem falar no dia em que, brincando, escondera-se em sua sacada, e ele viera por trás e lhe dera um cascudo. Na hora de dormir, no escuro, jurava vingar-se. Uma vingança terrível, que vinha acalentando: enrolar um cocô duro em papel higiênico e atravessar a rua para aninhá-lo na fruteira da sala, cuja porta dava para a sacada e estava sempre aberta.

E agora morreu?

Bem-feito.

Passava das dez. No calor de dezembro, ninguém deitava antes da meia-noite. O pai e a mãe iam cruzar a rua para o velório e ele perguntou se podia ir também, queria ter certeza de que o morto estava bem morto e já não poderia persegui-lo.

– Tá, mas te comporta e reza uma Ave-Maria pela alma dele.

Era a primeira vez que ia a um velório e lá estava o ditador com sua brancura e sua barriga, fatiota preta e sapatos da mesma cor, apertado no caixão. Ao redor, meia dúzia de gatos pingados... e então não era só com ele que Seu Florêncio implicava, não é? Nem meia dúzia, cinco. Conversavam em voz baixa e vai ver que falando mal dele. Notou que o pai também falava baixo, estaria a defendê-lo?

A mãe foi ao quarto consolar a viúva e ele se debruçou no caixão para examinar os olhos fechados do Seu Florêncio, queria ver se não piscava. E cuidava e nada. Disfarçando, beliscou a orelha.

Nada.

Passava a mãe com Dona Filomena e estacou.

– O que estás fazendo aí?

– Rezando – e os homens sentados aprovaram com a cabeça.

– Pobrezinho – disse Dona Filomena, sem que ele soubesse se aquilo era para o velho ou para ele mesmo.

Teve pena de Dona Filomena e até de Seu Florêncio, enroupado e espremido naquele calorzão. Ave Maria cheia de graça, começou e parou, surpreso, ao notar que os escassos cabelos daquela alma estavam em pé. Já estavam ou tinham ficado assim com o beliscão?

A criada servia cafezinho para os homens, que agora conversavam mais alto sobre negócios e outras coisas. Com um ligeiro puxão, arrancou um fio de cabelo do velho. Pela minha bola. E logo arrancou outro: pelo meu bodoque. E outro ainda, pelo cascudo na sacada.

Guardou no bolso da camisa.

Agora estavam quites e então rezou a Ave-Maria, pedindo que a alma de Seu Florêncio ficasse só um mês no purgatório. Ia rezar outra para confirmar quando a mãe o pegou do braço.

— Vamos?

— E o pai?

— Ele vai passar a noite velando e tu tens que levantar cedinho para o colégio.

— Nada de levantar cedinho, não tem aula amanhã.

— Como *não tem aula*?

— Não teve quando Getúlio morreu.

Ela estava triste, mas sorriu.

— Getúlio era o presidente, meu filho.

— E esse aí?

— Como *esse aí*? Não fala assim, é falta de respeito. Seu Florêncio era empregado da prefeitura, aposentado.

– Empregado? Bah!
– E um ótimo vizinho, viu? Quando eras pequeninho e ficaste doente, não tínhamos telefone e era ele quem chamava o médico.
– Ele?
– Sim, ele, e como gostava de ti! Nem imaginas quantas vezes ele deu a volta na quadra empurrando teu carrinho. Ele nunca teve filhos...
Ai, que dor, e enquanto aquela febre lhe subia do peito para os olhos, pôde perguntar, num murmúrio:
– Quando é que vão levar o caixão?
De manhã, às onze, e ele pensou que bom e na hora de dormir ia rezar uma Ave-Maria, anulando a do Purgatório, e no outro dia, antes de aula, ia cruzar a rua para devolver os três cabelos.

Clareava o dia

Recém começavam nossas férias na chácara. Papai, à mesa, contava as histórias de caça ao capincho de que tanto se orgulhava. Ao fim da refeição, mamãe o interrompeu para perguntar o que queríamos: ambrosia ou pudim de pão?
Júlia aproveitou a deixa:
– Eu também quero acampar no mato.
Mamãe sobressaltou-se: uma menina no mato? E as aranhas? E as cobras? E o muito que se ouvia falar de certa onça baia? Papai contrapôs que não era má idéia passarmos a noite, Júlia e eu, fora de casa: uma noite assim, sem pai nem mãe, era uma escola tão boa como qualquer outra.
E avisou:
– Vocês vão se ver com os mosquitos.
A manhã seguinte foi de preparativos: redes, mosquiteiros, canecas, sanduíches, refresco de uva, que íamos acomodando em velhas mochilas de colégio.
– Isso não precisa – disse papai, divertido.
Mas Júlia fez questão de levar o bruxo de pano, não queria que ficasse para trás, esquecido, em noite tão especial. Além disso, combináramos que, no acampamento, brincaríamos de casados. E os casados têm filhos.
À tardinha nos despedimos como quem parte para uma longa viagem. Mamãe abraçou Júlia, cheia de cuidados e presságios.
– Eu não devia deixar, eu não devia...

Papai não. Ele estava no galpão e vendo-nos passar apenas abanou. Queria dizer, decerto, que a gente não tivesse medo, que não havia nenhuma onça baia e que dormir no mato, portanto, não era uma áfrica.

Seiscentas braças de campo nos separavam do exuberante arvoredo. Íamos juntando esterco seco num saco e as vacas, curiosas, nos olhavam. Já se apoucava o sol quando entramos na picada. Avançamos até um pequeno aberto que vizinhava com a cacimba e nos desvencilhamos da carga.

– Um bom lugar – eu disse, e fiz um fogo alto, começando logo a queimar esterco para ressabiar a mosquitama.

Leváramos duas redes, armei uma só, e enquanto pendurava nossos mosquiteiros juntos, sobrepostos, Júlia brincava de comidinha, colhendo e nos oferecendo, a mim e ao bruxo, uma latinha de pitangas.

Escurecera.

O fogo, que eu alimentara com galhos ressequidos de acácia, iluminava só a clareira, dando aos seus limites a aparência de espessas muralhas de enredadeiras, onde serpejavam, lambendo-se, compridas línguas de sombra e luz. Comemos os sanduíches que mamãe fizera, tomamos refresco de uva e, depois de escovar os dentes com água da cacimba, disputamos um torneio de arroto.

Quando o fogo começou a dar sinais de cansaço, fizemos a camita de folhas do boneco e nos metemos na nossa.

De pouco ou nada adiantou o esterco arder, os mosquitos não se assustaram. Zumbiam ao redor do duplo mosquiteiro e alguns o atravessavam. Ou quem sabe já estavam lá dentro. Havia sempre dois ou três azucrinando e outros que chegavam a picar através da rede, na ânsia de sugar nosso sangue. Eram mosquitos enormes, de perninhas brancas, eram mosquitos de polainas, e só nos casamos após a morte daquele que parecia ser o último a turbar nossos domínios.

– A gente se deitava em nossa cama – disse Júlia.

E a gente dava remédio ao nosso filho, que estava com gripe, a gente se despia e se olhava na claridade rubra do braseiro, a gente se abraçava e se beijava com lábios de pitanga...

Depois nos enrolamos na manta e, alagados de suor, esperamos o sono, ouvindo, como num sonho, as vozes do mato: cicios, estalos, pios e de quando em quando a insídia de meneios roçagantes, dando calafrios.

Assim mesmo era bom.

Estava escuro ainda quando despertamos. Avivamos o fogo, reunimos nossos pertences e fomos esperar, a céu aberto, a volta do sol.

Se é que voltaria...

O dia, no campo, tem uma história de capricho. Começa com uma fímbria parda em horizontes do longe, como se atrás das coxilhas, dos capões distantes, dos casarios perdidos, lá onde a vista se acanha, um negro velho, bocejando, prendesse o lume num lampião de prata. Devagarinho essa fímbria dá de ganhar sangue, cordoveias de um azul noturno e um lastro esfiapado de ouro velho, entrevero de cores que colore lá, não cá, porque Júlia e eu continuamos no escuro, sem saber ao certo se aquilo é prenúncio do dia ou um grande incêndio. Parece então que cessa, por momentos, essa transformação: é quando dia e noite medem forças e quem assiste a tal confronto chega a pensar que, se não vai tornar a escurecer, talvez nunca mais clareie o dia.

Mas o dia vence, é a lei, e então, Júlia, olha só, vês os vultos graves dos cavalos, imóveis, pescoços erguidos, como avistando ao longe o mesmo drama e atentos ao seu desfecho, mas são apenas cavalos dormidos, porque é assim, Júlia, que dormem os cavalos, em pé, como as estátuas dos parques e as sentinelas dos quartéis. Já distingues campos de matos e acompanhas os primeiros movimentos do gado, que põe-se a andar como em cortejo, no rumo de sombrosos paradouros.

Clareava o dia.

— Quando a gente for grande – disse Júlia –, vai contar pros nossos filhos que acampou no mato e viu o sol nascer.

E eles quereriam acampar também.

Assim era, segundo papai, a escola da vida.

Idolatria

Eu olhava para a estrada e tinha a impressão de que jamais chegaríamos a Nhuporã. Que pedaço brabo. O camaleão se esfregava no chassi e o pai praguejava:

– Caminho do diabo!

Nosso Chevrolet era um 38 de carroceria verde-oliva e cabina da mesma cor, só um nadinha mais escura. No pára-choque havia uma frase sobre amor de mãe e em cima da cabina uma placa onde o pai anunciava que fazia carreto na cidade, fora dela e ele garantia, de boca, que até fora do estado, pois o Chevrolet não se acanhava nas estradas desse mundo de Deus.

Mas o caminho era do diabo, ele mesmo tinha dito. A pouco mais de légua de Nhuporã o caminhão derrapou, deu um solavanco e tombou de ré na valeta. O pai acelerou, a cabina estremeceu. Ouvíamos os estalos da lataria e o gemido das correntes no barro e na água, mas o caminhão não saiu do lugar. Ele deu um murro no guidom.

– Puta merda.

Quis abrir a porta, ela trancou no barranco.

– Abre a tua.

A minha também trancava e ele se arreliou:

– Como é, ô Moleza!

Empurrou-a com violência.

– Me traz aquelas pedras. E vê se arranca um feixe de macega, anda.

Agachou-se junto às rodas e começou a fuçar, jogando grandes porções de barro para os lados. Mal ele tirava, novas porções vinham abaixo, afogando as rodas. Com a testa molhada, escavava sem parar, suspirando, pregue-

jando, merda isso e merda aquilo, e de vez em quando, com raiva, mostrava o punho para o caminhão.

O pai era alto, forte, tinha o cabelo preto e o bigode espesso. Não era raro ele ficar mais de mês em viagem e nem assim a gente se esquecia da cara dele, por causa do nariz, chato como o de um lutador. Bastava lembrar o nariz e o resto se desenhava no pensamento.

– Vamos com essas pedras!

Por que falava assim comigo, tão danado? As pedras, eu as sentia dentro do peito, inamovíveis.

– Não posso, estão enterradas.

– Ah, Moleza.

Meteu as mãos na terra e as arrancou uma a uma. Carreguei-as até o caminhão, enquanto ele se embrenhava no macegal.

– Pai, o caminhão tá afundando!

A cabeça dele apareceu entre as ervas.

– Não vê que é a água que tá subindo, ô pedaço de mula?

E riu. Ficava bonito quando ria, os dentes bem parelhos e branquinhos.

– Tá com fome?

– Não.

– Vem cá.

Tirou do bolso uma fatia de pão.

– Toma.

– Não quero.

– Toma logo, anda.

– E tu?

– Eu o quê? Come isso.

Trinquei o pão endurecido. Estava bom e minha boca se encheu de saliva.

– Acho que não vamos conseguir nada por hoje. De manhãzinha passa a patrola do dáier, eles puxam a gente. Atirou a erva longe e entrou na cabina.
– Vamos tomar um chimarrão?
Fiz que sim. Ao me aproximar, ele me jogou sua japona.
– Veste isso, vai esfriar.
A japona me dava nos joelhos e ele riu de novo, mostrando os dentes.
– Que figura.
A cara dele era tão boa e tão amiga que eu tinha uma vontade enorme de me atirar nos seus braços, de lhe dar um beijo. Mas receava que dissesse: como é, Moleza, tá ficando dengoso? Então agüentei firme ali no barro, com as abas da japona me batendo nas pernas, até que ele me chamou outra vez:
– Como é, vens ou não?
Aí eu fui.

Verdes canas de agosto

Isabel era a filha menor do sapateiro. O nome do sapateiro já não lembro, decerto era João, havia quatro só naquela quadra e meu pai era um deles. Isabel e a família moravam na casa mais feia da rua, na esquina da Farmácia Brás, justamente defronte à minha, que era um brinco de casinha recém-pintada de azul, com venezianas brancas, no pilarzinho do portão um pote de argila com avencas. A casa de Isabel também era azul, quero dizer que tinha sido azul muitos anos antes e agora era cor-de-burro-quando-foge. No portão, em vez do pote, havia sempre um cachorro baio que odiava gente pequena, e as venezianas não me lembro, decerto nem venezianas tinha, a pobre da mãe dela vivia pendurando toalhas nas janelas.

Um dia Isabel atravessou a rua, sem saber que sem demora atravessaria também meu coração. Ela estava sozinha na calçada, a catar pulgas do cachorro, e deu com os olhos na janela em que me debruçava para espiá-la. Atravessou mansinha, sorrateira, cintilava o seu olhar oblíquo.

– Tua mãe não tá em casa, não é?

Então disse mais: vem cá, gurizinho, e disse vem brincar comigo, e por longo minuto fiquei olhando, com o coração batendo forte que me ardia e sem saber se ia.

Isabel, a pequena Isabel do sapateiro, para quem não enxergava muito além da ponta do nariz, era um retrato fiel da casa onde morava. Sempre despenteada, pés descalços, sujinha sempre, vivia perambulando pelas ruas da cidade, e seus amigos eram aqueles com os quais as mães não queriam que

seus filhos brincassem. Contavam-se histórias medonhas de Isabel e da família, seguidamente uma, a de que Isabel, descobrindo a mana mais velha a gemer com o namorado num canto da sapataria, chamara a molecada para ver a irmã sem calça.

 Fui.

 Segundo Isabel, roubaríamos pitangas do Doutor Brás, cujo sítio até hoje vai da rua ao rio, com pitangueiras, pessegueiros, laranjeiras e até um pequeno canavial na beira do rio, além da Farmácia Brás que não existe mais. Mas nem subíramos na pitangueira e ela me perguntou se eu já aprendera a fazer certas coisas. Me lembrei de algumas... seriam as mesmas?

 – Faz de conta que a gente se casou – avisou ela.

 Como no chão havia formigas, nós nos casamos em pé mesmo, sob a pitangueira, e não era exatamente o que eu pensava, ou era, com a diferença de que eu sentia um aperto no coração e esse aperto era algo muito novo.

 – Tiau, tiau, tu tem um cheiro bom – disse Isabel, quando se foi.

 Depois desse dia ela nunca mais cruzou a rua. Entrava e saía de casa como se defronte não existisse a minha, recém-pintadinha de azul, com venezianas brancas, uma casa que era um brinco, e como se dentro dessa casa, na janela, não estivesse e nem mesmo existisse alguém que com ela se casara no sítio do Doutor Brás. Minha mãe perguntava: "É a cabeça que dói? Sentes dor na barriguinha? Que é que tu tens, meu filho? Vem cá, deixa ver essa testa..." Eu não podia compreender como Isabel conseguia se esquecer tão depressa de um casamento que no meu peito era um martelo martelando noite e dia.

 Enfim, ao menos eu aprendera a roubar pitangas.

E uma tarde, no mesmo sítio do doutor, me pareceu ouvir tal qual num sonho a voz de Isabel no canavial. Era agosto, um agosto frio, mas o sol ainda amornava a terra e os ossos da gente, e como era agosto, as canas estavam verdinhas, era bonito o canavial ao pé do rio para quem o visse de onde eu via.

Abri caminho entre as canas e Isabel estava ali, em carne e osso. Ali também estavam três moleques.

– Isabel!

Os guris se assustaram, mas, vendo que eu estava só, acharam graça. Isabel sorriu e o moleque mais próximo me espalmou a mão no peito.

– O terceiro sou eu.

Comecei a recuar.

– Ei, Tadeu, vem cá – disse Isabel.

Aí não me contive, e quanto mais corria mais chorava, porque além de tudo meu nome nem era Tadeu e a mim já me bastava ser o quarto dos quatro Joãos daquela quadra.

Outro brinde para Alice

No dia em que se decidiu levar Alice para Porto Alegre, meu pai se arreliou com o Doutor Brás e o chamou de embromador, quase deu umas trompadas nele. Coitado do Doutor Brás. Que havia de fazer o doutor aqui na terra, se Deus, no céu, não favorecia?

Na camisinha de Alice, presa numa joana, cintilava uma relíquia do Santo Sepulcro pescada na quermesse do Divino. Rodeavam seu pescocinho dois escapulários, sendo um abençoado pelo bispo de Uruguaiana. E mais: desde semana mamãe amanhecia de joelhos sobre grãos de milho, implorando ao Coração de Jesus entronizado que Ele desse uma demonstração, desse um sinal de que nem tudo estava perdido. E Ele nada. Alice já não se importava com os chocalhos, nem erguia o bracinho para as fitas cor-de-rosa do mosquiteiro. Na agitação da febre era preciso que ficasse sempre alguém à mão, do contrário era capaz de se enforcar no escapulário abençoado. As mamadeiras ela vomitava, não parava nada no estomagozinho dela. Já nem podia ficar sentada ou fazer cocô no peniquinho, por causa dos inchaços que a picada da agulha levantava na bundinha.

E agora essa, Porto Alegre. Prometer Porto Alegre para um doente era o mesmo que lhe dar a extrema-unção. Prometia-se o milagre e nem sempre a medicina da capital tinha algum no estoque.

A mera decisão da viagem mergulhou nossa casa num abismo de angústia e desesperança. Tresnoitado, barba por fazer, papai se isolava no fundo do quintal para tomar seu chimarrão. Falava sozinho e ficava sacudindo a cabeça como um pobre-diabo. Mamãe, ao contrário, não parava, começou a fabricar um colchãozinho para o berço de Alice. Procurava pela casa objetos que ninguém ao certo sabia quais eram, e se acaso topava comigo num cruzar de porta, surpreendia-se, murmurava "meu filho", como se recém me visse depois de muito tempo.

Vó Luíza veio da campanha para tomar conta da casa. Chegou de madrugada na carona do leiteiro e trazia uma bolsa de aniagem com abóboras, cenouras, chuchus, laranjas de umbigo e sem. Trouxe também o garrafão de vinho feito em casa, que era como o seu cartão de identidade.

Padrinho Tio Jasson ofereceu o auto, para economizar umas horas da viagem de trem. Papai agradeceu, preferiu o trem e com razão, receava furar um pneu ou outra avaria qualquer que os obrigasse a ficar na estrada.

No dia da viagem, ao fazer sua última prece ao Coração entronizado, braços abertos em cruz, mamãe deu um grito que foi ouvido em toda a vizinhança, até na Farmácia Brás, de onde acudiu um tal de Plínio numa afobação. Pois o Coração, imagine, o Coração tinha sangrado, até pingado em nosso chão de tábuas.

Eles partiram animados, quase alegres, no leito da maria-fumaça, com Alice de touca e enrolada num cobertor. Na estação, papai tratou de negócios com o padrinho Tio Jasson. Mamãe, toda de branco e com um lenço verde na cabeça, recomendou à Vó Luíza que, na medida do possível, fosse adiantando o colchãozinho. Eles confiavam em regressar numa semana, Deus querendo, e, diziam, haveriam de dar boas risadas daquele medo, daquele horror que seria a vida sem Alice, com saudade de Alice.

Mas a janta naquela noite foi silenciosa. Vó Luíza, o padrinho, eu, nós três ao redor da mesa sem toalha, a sopa rasa, o barulho das colheres, o vinho escuro – este, nos beiços da minha avó, era como sangue que vertesse para dentro.

Tio Jasson de tempo em tempo repetia:

– Que milagre, Dona Luíza.

A velha concordava, arqueava as sobrancelhas, emborcava outro copito de seu vinho, mais um brinde para o bem de Alice. No olho dela apontava uma lágrima que em seguida pingaria no vinho. Eu não, eu me continha, atacava um soluço na garganta e ficava me remoendo de pena da velhinha. Eu sabia, e ela mais ainda, que aquele sangue no Coração tinha gosto de outra coisa, e que a nossa Alice, com certeza, nunca mais iria voltar.

Três segredos

O telegrama de Tia Matilde, avisando que, a convite do prefeito, traria a filha para o baile, fez de nossa casa um pandemônio. Papai conseguiu duas camas emprestadas. Mamãe, além de convocar a antiga cozinheira, contratou uma doceira, e obrigou papai a adquirir novos pratos, imitando porcelana inglesa. Não havia dia em que não batesse alguém à porta: empregados do comércio, entregando as compras de mamãe, ou emissários do prefeito, confirmando pormenores da recepção. Prima Nely merecia esse alvoroço. Tinha 18 anos e era Miss Itaqui. No concurso estadual de beleza, em Bagé, perdera injustamente para a representante de Pelotas, mas fora eleita Primeira Princesa e Rainha da Simpatia.

Nely e Tia Matilde vieram de trem. Fomos esperá-las na estação e dir-se-ia que a cidade inteira se comprimia na gare. O prefeito também estava lá, à frente da banda municipal e das senhoras da Liga de Combate ao Câncer, cuja presidenta trazia um buquê de rosas vermelhas. Papai, de gravata, chapéu na mão, parecia um deputado. Mamãe também ponteava naquele páreo de elegância, com um costume verde e chapéu de flores e raminhos, e a mim me fizeram trajar a farpela da primeira comunhão: terninho branco de calça curta, meias compridas brancas e sapatos da mesma e imaculada alvura.

Quando Nely desceu do trem, a banda municipal explodiu com *Cachito mio* e a prima e sua mãe naufragaram num mar de abraços e vivas. Depois da saudação da banda, um grupo de moças do Clube Comercial cantou um hino feito especialmente para a ocasião, intitulado *Princesa da beleza*. Papai tinha mandado lavar e encerar o velho Austin, mas, para desgosto seu e de mamãe, nossas parentas deixaram a estação no carro do prefeito, um flamante Pontiac 51 verde-claro. Tiveram de passar na prefeitura, onde Nely cortou a fita do novo gabinete do Secretário de Cultura e Lazer, e só no meio da tarde chegaram à nossa casa.

Maneco, filho do prefeito, acompanhou as visitantes até a sala e tomou um guaraná, servido em bandeja de prata. A dona da bandeja, Dona Bebé, estava presente – o que causaria, mais tarde, pequena discussão: mamãe dizia que não a convidara, que viera de enxerida, papai contrapunha que a pobre só queria cuidar de sua relíquia.

Muitas pessoas vieram conhecer a prima. O exator Mendes Castro disse que ela era "deslumbrante", e o poeta citadino, Herculano Sá, depois de beijar a mão de Nely, declarou que ali estava, "com todos os esses e erres", a progênie dos pecados de Adão.

Quando os estranhos se retiraram, Nely, finalmente, percebeu que eu existia:

– Jesus, como ele cresceu!

– Está um homenzinho – confirmou Tia Matilde.

– Vem cá dar um beijo na prima.

O rosto dela estava quente, úmido.

– Ai, parece um anjinho – disse ela.

Mamãe tinha posto um panelão no fogo, para esquentar a água do banho. Ajudei a transportá-lo e olhava,

fascinado, para o lago fumegante que abraçaria o corpo da miss. Mamãe me puxou pelo braço:
– Vem, não podes ficar aqui.
Escurecia. Enquanto mamãe comandava seu pelotão na preparação da janta, troquei de roupa e fui ao pátio. Subi na laranjeira e de seu galho mais alto passei ao telhado da cozinha, que descia ao lado da janela do banheiro. Essa janela tinha oito retângulos de vidro. Os quatro inferiores eram foscos, os de cima transparentes e correspondiam ao ângulo em que me encontrava. Esperei, mordendo o lábio, ansiosamente ansioso, certo de que, nos próximos minutos, veria o que Adão viu.
E vi.
Ai, as nádegas da prima Nely, como duas metades de uma rósea melancia! Ai, as tetas da prima Nely, casal de rolinhas com bicos de goiaba! E aquele triângulo sombrio no vértice das pernas, misterioso, dando calafrios... Era a primeira vez que via uma mulher nua e jamais me passara pela cabeça que elas pudessem ser tão lindas, ao ponto de dar vontade de chorar.
Tia Matilde entrou no banheiro. Recuei, mas, ao ouvir barulho d'água, avancei outra vez e dei com os olhos justamente nos da tia.
– Tem gente espiando! – ela gritou.
Num átimo, antes da fuga, meu olhar também se encontrou com o olhar curioso da prima Nely, que estava com um pé dentro da banheira. Rolei até a borda do telhado, agarrando-me nos galhos da laranjeira, e enquanto descia ia ouvindo os gritos da velha bruxa:
– Um homem no telhado! Um homem no telhado!

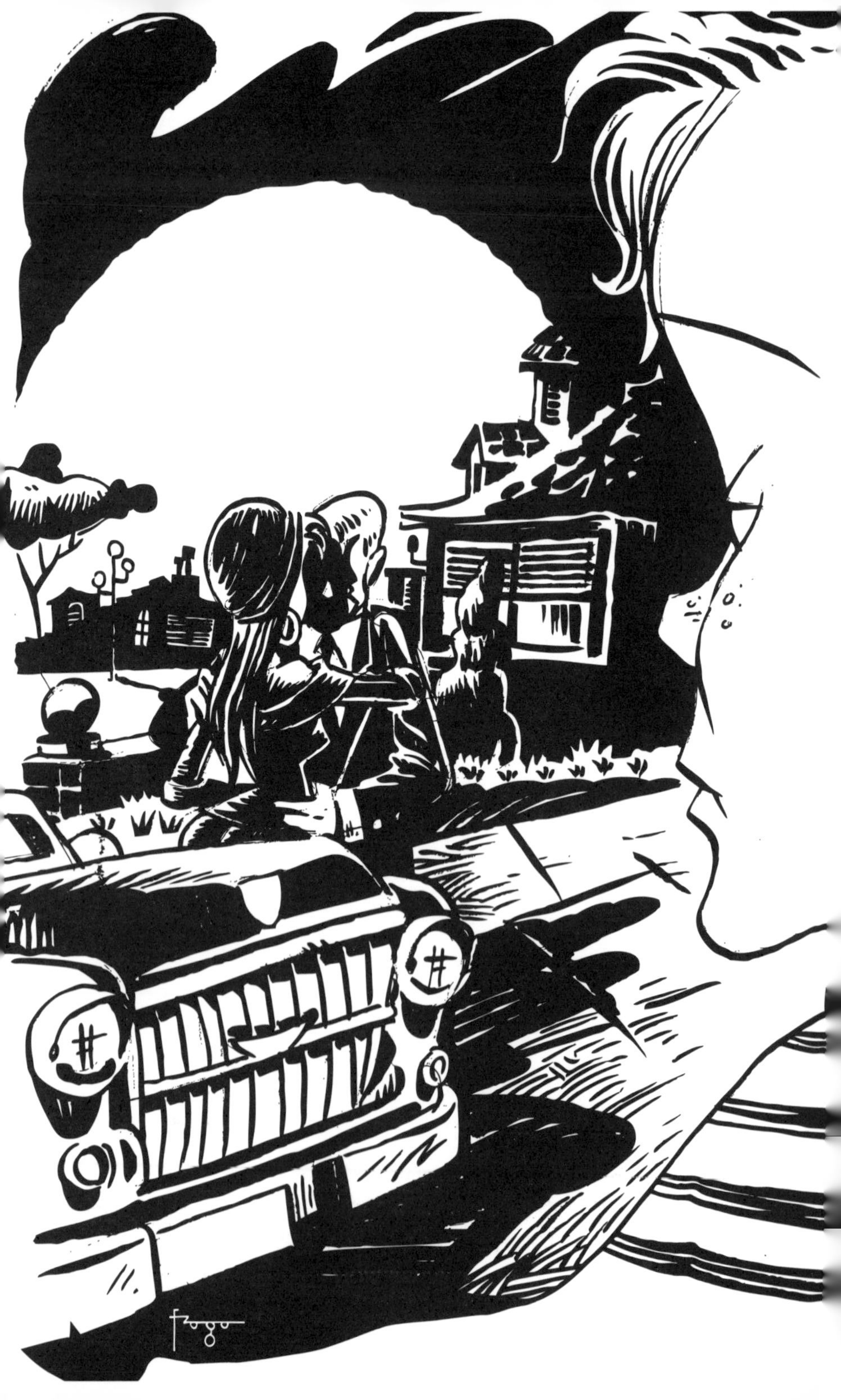

Um rebuliço dentro de casa, vozes, passos, mas quando mamãe entrou na cozinha, armada de vassoura, eu estava abrindo a geladeira.

– Ah, estás aí? – e sem esperar resposta, saiu pela porta dos fundos. Voltou em seguida, sem a vassoura. – Subiste no telhado?

– Eu?

– Jura.

– Por Deus Nosso Senhor.

– E vocês, suas patetas – para as empregadas –, não viram nada? Ai, que vergonha, quantas vezes já pedi pra trocar esses vidros...

Depois veio papai. Me olhou, sorriu, passou a mão na minha cabeça, mas não disse nada.

Mamãe, à porta do banheiro, tranqüilizava a irmã.

– Não tem ninguém, Matilde.

– Mas tinha, eu vi!

– Pode ter sido uma coruja...

O assunto, durante a janta, foi o espião, mas qualquer suspeita que houvesse a meu respeito foi dissipada pela prima, que fez a descrição do criminoso: velhusco, escabelado e de bigode tordilho. Mamãe achou que esse retrato se adequava a certo Plínio, balconista da farmácia, ao que papai, com algum enfado, contrapôs que aquele Plínio, com sua perna mecânica, não podia subir em árvores. E arrematou:

– Amanhã mando trocar os vidros.

Naquela noite Nely e sua mãe foram ao baile, onde seria coroada a nova miss de nossa cidade. Levou-as Maneco, todo campante em seu Pontiac.

O baile não terminava nunca. Na cama, atento a todos os ruídos, eu esperava. Adormecia, despertava, e a cada vez que despertava pensava que ia morrer de dor no peito.

Deitava-me de costas, mãos cruzadas na barriga, como me lembrava de ter visto meu avô morto.

E esperava.

E a prima Nely não voltava e eu não morria. Já madrugava o dia quando, exausto, olhos ardidos, respiração pequena, ouvi o ronrom do Pontiac. Uma porta bateu e depois a grande sombra de Tia Matilde deslizou pelo corredor. Da prima, nada. Levantei-me e, pé atrás de pé, atravessei a casa até a porta da frente, que dava para um sacadão de balaústres com uma escada lateral.

Nely e Maneco conversavam no portão. Deitei-me no piso da sacada e, entre os balaústres, vi quando ele a beijou. Em seguida ouvi Nely dizer:

– Assim não, me solta.

Maneco a soltou e, ao entrar no carro, bateu a porta com força. A dor era tanta que me paralisava.

– Anjinho – assustou-se Nely –, o que estás fazendo aí?

Sentou-se no chão, me deu um beliscão no queixo e me puxou, apertando meu rosto contra o peito.

– Me esperavas, não é?

E me acariciava o rosto, o pescoço, e ofegava, eu sentia sua respiração em meus cabelos. "A priminha também te ama" e conduzia meu rosto de um seio ao outro seio.

– Gostaste de me ver no banho?

Fiz que sim e ela tirou o casaquinho, baixou a alça do vestido.

– Queres?

Se eu queria? As rolinhas da prima Nely! Os biquinhos! E ela me embalava para frente e para trás, como se embalam os bebês. Sua axila tinha um cheiro delicado de suor e água-de-rosas.

— Agora temos dois segredos — ela disse. — Aquele e este.

Mas haveria outro.

Nely começou a namorar o filho do prefeito. Não ficou em nossa casa dois ou três dias, como estava previsto, foi ficando e ficando, mesmo depois que Tia Matilde voltou para Itaqui. À noite, costumava esperá-la na sacada e ela dizia ao namorado: "Vê que gracinha, ele me cuida..."

Nely e Maneco se casaram e foram morar no edifício mais alto da cidade. Quando Maneco viajava — e isso acontecia com freqüência, pois seguia os passos do pai na política —, a prima, que não gostava de ficar sozinha, pedia ao marido: "Traz o anjinho pra me fazer companhia".

Sermão da montanha

Em nossa rua o chamavam de Babá. Não era mais travesso do que outros piás da mesma rua, mas se destacava por ser muito inventivo. "Esse guri vai longe", diziam, sem apontar em que direção. Um que outro podia achar que Babá era um trapaceiro, mas ninguém tinha certeza disso.

Arauto das novidades, com um repertório propenso ao invulgar, assombrava-nos com o relato de suas experiências. Certa vez disse ter feito um foguete com pólvora de cartucho. Outra vez apareceu com um fotograma ginecológico e fez na terra o desenho do projetor que pensava construir com cartões, lentes e espelhos. Não chegamos a ver o projetor, mas durante muito tempo aguardamos, ansiosos, o dia da inauguração.

Babá era filho do latoeiro. O latoeiro era gago. Quando perguntavam seu nome, o Romildo saía a jato, mas o Bassani demorava um pouco e por isso se tornou conhecido como Seu Babá. Tinha dois filhos, Pedro Paulo e Ricardinho. O primeiro herdou o apelido do pai, e o segundo, que era meio doente e dengoso, ficou sendo o Outro.

Católico, freqüentador da missa, Romildo Bassani levou o filho maior para o catecismo. E Babá já não falava de outra coisa, só de sua instrução religiosa. Era assustador o que aprendia no casarão ao lado da igreja. Como aquela

história de que, morrendo, as pessoas não morriam completamente.
– Suas almas vivem – explicava.
Éramos quatro no monte de areia, à frente de uma casa em obras, os filhos do sapateiro, Acacinho e eu. E como me parecesse que Babá esperava um comentário, arrisquei:
– É por isso que existe alma penada.
Ele me corrigiu:
– Dizer que existe alma penada é ignorância. Se o corpo morre, a alma voa para o céu.
– Como é que sabem? – perguntou Acacinho.
– Viram.
Acacinho não se convenceu.
– Não sei de ninguém que tenha visto alma voando.
– Mas o céu está assim de almas que vão prestar contas dos atos praticados por seus corpos na terra. Como é que elas chegam lá?
– Prova.
– Não posso, ainda não me ensinaram todos os mistérios. Mas a voz do padre é a voz de Deus e ele garantiu: as almas voam para o céu.
– Isso mesmo – eu quis ajudar. – Por que, nos velórios, deixam o caixão aberto? É pra alma poder sair.
– Pura ignorância – corrigiu novamente Babá.
– A alma sai do corpo na hora da morte.
– Tá, sai, mas por onde – insistiu Acacinho.

Babá pensou um pouco.

— Pelos poros, como o suor. E evapora no ar. No ar não, na atmosfera.

— Eu não quero evaporar – reclamou o Outro.

— Não há perigo – disse Babá. – É só tua alma, daqui uns 90 anos.

— Ah, bom.

— Duvido – tornou Acacinho. – Como é que a gente vai acreditar numa coisa que não vê?

— Ora, há muita coisa que a gente não vê e acredita.

— Diz uma.

Babá pensava outra vez e acorri em seu auxílio.

– O pum.

Ele deu uma risada, mas Acacinho não gostou do exemplo.

– Pum não serve. A gente não vê, mas sente.

– Com a alma é a mesma coisa – disse Babá. – A gente sente e com fé acaba vendo. A fé remove montanhas.

– Até uma montanha de areia?

– Não, só montanha de verdade, como o Everest e o Pão de Açúcar. Mas é preciso ter fé. Sem fé, não se levanta um palito.

– Um palito eu levanto.

– Porque acreditas que podes levantar. Foi o que o padre disse. Com fé, a gente enfia um camelo no buraco de uma agulha.

– Um camelo de verdade, com calombo e tudo?

– Camelo ou dromedário? – eu quis esclarecer. – Porque o camelo tem dois calombos e...

– Não interessa – cortou Babá. – Com fé passa tudo, até girafa em pé. Com fé a gente vê a alma voar.

– Prova, prova – exigiu Acacinho.

– Como é que vou provar? Matando alguém? Antes, a alma não aparece, está guardada, e depois não está mais ali, já subiu.

– Guardada! Guardada onde?

– No cerebelo – acudi.

– Pode ser – disse Babá, e pude sentir no rosto, finalmente, o rubor de uma vitória. Que não chegou a ser completa, pois ele acrescentou: – Mas na maior parte das pessoas a alma está guardada no goto. Por isso que, quando entra um farelinho, a gente tosse. A tosse é a voz da alma.

– Isso – confirmei. – Meu avô morreu tossindo. Mas eu tinha errado outra vez.
– Tosse de doença é outra coisa. Teu avô morreu tuberculoso.

Acacinho, que por momentos estivera quieto, absorto, acordou-se.

– Olha lá aquele frango. Vamos pegar.
– Pra quê? – assustou-se Babá.
– Tá com medo? Vamos matar e ver a alma dele voando para o céu.
– Não sei se frango tem alma.
– A gente experimenta.

Babá relutou, mas não pôde recusar.

– Tá bem, mas sem fé a gente não vai ver porcaria nenhuma.
– A gente tem fé – animou-se Acacinho. – A gente pensa na fé com força... assim... – e espremeu-se todo.

Ao grito de pega saltamos os quatro atrás do frango, que fez um escândalo, dando pinotes e cacarejos até que o encurralamos num vão de porta. Acacinho o agarrou. Voltamos à nossa pequena montanha, dissimulando e de olho na rua. Mas não havia ninguém na rua. O sol continuava alto e ainda não chegara a hora em que as famílias punham cadeiras na calçada para conversar e ver o trem de Quaraí passar no cruzamento.

Acacinho reclamava das bicadas e me apressei em cavar a sepultura. O frango pulava, enlouquecido, mas não resistiu aos quatro pares de mãos que o empurraram cova abaixo e o cobriram de areia. Ouvimos um ruído surdo, um estranho qüé, um frêmito sob nossos pés que se prolongou por alguns segundos e depois silêncio, a quietude da areia quente e nossos corações aos saltos. Mas nossos olhos estavam cegos, era pequena a nossa fé.

Babá desenterrou o frango. Acacinho, nervoso, queria embrulhar o corpo num papelão que não dobrava. E o Outro a choramingar:

– Ele disse qüé, ele disse qüé...

– Vamos botar lá nos trilhos – disse Babá. – Daqui a pouco passa o trem e vão pensar que morreu atropelado.

Na volta, vínhamos cabisbaixos e olhando de viés para os primeiros moradores que abriam suas preguiçosas.

– Se as almas prestam contas no céu – disse Acacinho –, as nossas vão pro inferno.

– Eu não quero ir pro inferno – gemeu o Outro, e olhava para o fim da rua, como se de lá viesse o diabo à sua procura.

Mas o diabo estava noutro lugar.

– Ninguém vai pro inferno – disse Babá. – Quem mata um frango empresta a Deus.

Respiramos, aliviados. Estávamos livres do castigo divino e, sem demora, estaríamos livres do castigo dos homens: o sol já ia caindo, a rua estava repleta de cadeiras e ouvíamos, perto do cruzamento, os apitos do trem de Quaraí.

Uma casa ao pé do rio

Tentei escapar pelo portão com o embrulho debaixo do braço, dei com meu pai que saía na porta. Ele fingiu levar um susto.

– Ué, não era tu que andava na cozinha atrás de pão? Entardecia. A única loja da rua já fechara sua única porta. Nessa hora as famílias da rua punham cadeiras na calçada, para conversar e ver quem entrava na igreja para o ângelus. O pai armou a preguiçosa, e enquanto se acomodava ia me lançando olhares.

– Vai levar pãezinhos pra vovó? Que netinho camarada.

Temi que começasse com questões, ele era muito abelhudo e debochado, mas apenas piscou o olho.

– Vê se não fica até de manhã, faz favor.

– Onde é que esse menino vai? – perguntou minha mãe, que também chegava com a cadeira.

Fui saindo e cruzei a rua. O pai ficou me espiando, e quando eu olhava para trás ele gritava "dá um beijo na tua avó que eu mando", me abanava com o chinelo e dava gargalhadas.

Adiante um gato desceu de um muro e subiu no pilar de um portão. Longe, na várzea, um boi mugiu. Atrás do muro em que estivera o gato havia um quintal. Atrás do quintal, um canavial e o rio. O caminho para lá, estreito e sujo, não fora aberto por enxada ou rastilho e sim pelos pés clandestinos dos homens e rapazes da cidade. No fim do caminho morava Zoé.

O penteador de madeira crua com banqueta, a cama funda, um baú, fotos de Clark Gable iluminadas, assim era o quarto de Zoé na casinha ao pé do rio. Você podia bater a qualquer hora, bastava presenteá-la com uma réstia de cebolas, ovos e até com menos, Zoé era gente boa.

Um ventinho brando retouçava no canavial, não se ouvia mais a bulha dos pardais na terra nem a chamação das rolinhas desgarradas. Era quase noite. Zoé me fez entrar e guardou no penteador os pãezinhos, menos um, que deixou em cima. Quis saber meu nome e apontou num caderninho sujo que trazia no bolso do chambre.

– Que idade tu tem, amor?

Já se desabotoava. Menti que passava dos quinze e ela fez uma careta.

– Vai ficar aí sentado vendo eu me pelar?

Fiquei em pé, de costas, Zoé deu uma risada, me envolvendo na atmosfera amarga de seu hálito.

– Não, burrinho, vem cá, me ajuda.

Dobrei o chambre na banqueta. Só de combinação, ela se enfiou debaixo da colcha até o pescoço.

– Assim tu não fica com vergonha.

Era apenas um truque. Em seguida afastou a colcha, num gesto teatral que me esmagou. O peito nu, o umbigo raso, o tufo de pêlos ruivos e profusos... e ela sorriu, faceira com meu assombro.

– Vem.

Me deu um abraço, um beijo sufocante. Seus dedos ágeis desprenderam os botões da minha camisa.

– Não vai tirar o sapatinho, amor? E o meu lençolzinho branco?

Repousei a cabeça no ombro dela. Tinha planejado pensar no diabo com força para fechar uma corrente de coragem, mas não estava dando certo. A corrente que fechava era com minha mãe, a pobre decerto na janela, vá preocupação, onde será que se meteu esse menino com os pãezinhos?

— Então vai de sapatinho mesmo. Quer que apague a luz?

Apagou-se a lâmpada de cima ao mesmo tempo em que se acendeu a de um Clark Gable na parede, bem vermelha. Outro truque de Zoé. Ela passou a mão nos meus cabelos, e como a adivinhar meus pensamentos pôs-se a me fazer carinhos. Era mansa, Zoé. Às vezes me dava um beliscãozinho, e ria, às vezes me beijava os olhos, murmurando palavras de amor que nunca mais ouvi. Minha cabeça descansava em seu peito, que subia e descia num compasso calmo. Depois comeu o pãozinho, depois ainda adormeceu. Em volta de seus olhos havia manchas escuras. Seus lábios estavam entreabertos e no canto da boca um farelinho do meu pão.

Quanto tempo ficamos assim?

Já amanhecia, Zoé se moveu. No sono ainda, pôs a mão em meu pescoço e me conduziu até o bico do peito magro. Sussurrava uma toada de ninar e eu tinha certeza de que, agora, não havia truque algum.

Guerras greco-pérsicas

Essa Cláudia de quem falo, por causa dos gregos, era repetente, e a mãe dela vivia se queixando para a minha: "Ai, a Cláudia". E não era só a mãe. Professores, colegas, bastava alguém mencioná-la e todos suspiravam: "Ai, a Cláudia". Porque ela era muito esquecida, tonta, e se não conseguia guardar nem os nomes das cidades gregas, como poderia lembrar-se de algo como "Viajante, vai dizer em Esparta que morremos para cumprir suas leis"?

Aproximando-se os exames de fim de ano, aumentava o desespero da mãe dela. "Dona Glória, eu não sobrevivo", ela gemia, debruçada na cerquinha de taquaras. Tanto se lamentou que minha mãe, solidária, ofereceu o filho.

– Quem sabe ele ajuda.

Dona Cotinha arregalou os olhos.

– Ele? Aquele ali?

Duvidosa, franzia a testa e o nariz. A mãe riu, ai, vizinha, a senhora é de morte, e foi buscar meu boletim. Veja só, agosto dez, setembro dez, outubro nove, a História, como se diz, ele já pealou de volta.

Dona Cotinha me olhava, admirada.

– Que é que ele tá fazendo ali?

– Operando um sapo.

– Virgem!

No dia seguinte começamos a lutar com os gregos. No fundo do pátio havia um taquaral, era um lugar sombroso, quieto, nós nos sentávamos no chão com os livros no colo, à nossa volta os outros materiais do estudo: tiras de papel, goma-arábica e linha.

E toca a fazer rolinho.

Um país montanhoso, a Grécia, precioso o seu litoral cheio de enseadas, cabos, ilhas.

Um país

romântico. Páris fugindo com Helena, os amores de Ares e Afrodite, a deusa Tétis entregando-se a um mortal, e um pequeno sacrifício, um intervalo, afinal, para coisas horríveis como Hilotas e Periecos.

Ainda na primeira semana descobri que Cláudia usava sutiã e raspava as axilas. Uma surpresa atrás da outra, pois descobri também, no susto, como Cláudia era bonita.

Na véspera do exame vieram as guerras greco-pérsicas. Tínhamos dois rolinhos prontos e o resto da matéria ia nas pernas dela.

– Não pode tomar banho – avisei.

Com pena e nanquim, ora escrevia ela, ora escrevia eu, e eu, a Pérsia desvairada, eu tomava a praia Maratona, suas dunas morenas, seus pastos dourados, mas tomava e a perdia em avanços e recuos de incerta glória, porque à frente se me opunham dez mil atenienses e os mil voluntários de Platéia, ciosos de seu passado invicto. E se intentava um caminho inverso, pobre Xerxes, lá me defrontava com Leônidas e seus trezentos espartanos loucos. Um impasse e Cláudia me olhou, vermelha.

– Chega, esse ponto pode não cair.

– E se cair...

Comecei a escrever: "Ao norte da Grécia, entre os montes...". Ela encolheu-se, levantou-se e foi embora.

Cláudia passou no exame, mas não apareceu para contar. Eu o soube por Dona Cotinha, que fez um alvoroço no quintal. "Fenômeno", gritava, e ao agradecer, exultante, a colaboração da vizinha, lascou:

– Dona Glória, a senhora é uma mulher de sorte. Uma boa casa, um marido que não é putanheiro e um filhote que não se arrenega, chiquitín pero cumplidor.

Minha mãe sorriu, modesta. Perguntou pela Cláudia, está feliz a pobrezinha? Imagine, Dona Glória, está no céu, mas... E confessou que Cláudia andava quieta, arredia, decerto era fraqueza pelo esforço feito.

– Que nada – disse a mãe. – Ela já...?
– Já.
– Então é isso. Dá anemia.

No outro dia, finalmente, Cláudia veio ao pátio.
– A tinta não saiu – e olhava para o chão.

Perguntei se tinha esfregado. Tinha. Então tem que ser com sabão especial, eu disse, de mecânico.
– Na oficina eu não vou.

Achei graça, não é isso, é um sabão cor-de-rosa que se compra no armazém. Ela riu também. Como era bonita, a Cláudia.

À tardinha fui encontrá-la no taquaral, levando balde, esponja e o sabão. Ela sentou-se, ergueu a saia. Eu molhava, ensaboava, esfregava, molhava de novo, ai, a Cláudia, quase no fim, ofegando, ela apertou minha mão com as pernas.

– Falta muito?
– Só as Termópilas.
– Então limpa – murmurou, fechando os olhos.

Ao norte da Grécia, entre os montes, havia um desfiladeiro que era preciso atravessar para consumar a invasão. Era uma passagem muito estreita, quase inacessível, mas o dedo de um traidor guiou o inimigo por um caminho secreto da montanha.

Quatro gringos na restinga

Pedro e seu irmão foram tomar banho na restinga, que distava uns quatrocentos metros da última casa da cidade, já na vizinhança dos potreiros do regimento. Eles costumavam banhar-se no rio, sob a ponte ferroviária – o lugar preferido dos moradores do centro –, mas Pedro, o mais velho, envergonhava-se de jamais ter ido à restinga, reduto da gentalha suburbana e, sobretudo, dos Cobras, assim chamada uma súcia de irmãos de olhos puxados que, com alguns agregados, volta-e-meia surravam a gurizada de outros bairros. No centro, quem evitava a restinga era considerado um cagarolas.

Pedro levou um canivete automático, surripiado da mochila de pesca de seu pai. Não tinha nenhuma intenção de usá-lo, era só um estímulo à coragem.

A restinga, que na parte mais funda mal cobria o umbigo de um guri, estava repleta de deselegantes banhistas: a miuçalha de calça curta ou desnuda; o mulherio, umas poucas de maiô e a maioria de *short* com sutiã; os marmanjos mais atrevidos, ou mais pobres, entravam n'água em cuecas. Pedro se assombrou ao ver um deles cuja cueca branca, grudada ao corpo, mostrava o volume do pênis e a sombra de seus pêlos.

Para não se encontrar com os temidos quadrilheiros, escolheram um lugar afastado, onde se banhavam quatro gringos, recrutas da cavalaria* que Pedro reconheceu pelo corte do cabelo.

Pedro e seu irmão se despiram, exibindo os bonitos calções. Os gringos cochicharam e um deles levantou-se. Estava nu.

– Aqui só pode tomar banho pelado – e apontou um dos outros: – Ordem do capitão.

Os irmãos se olharam.

– Não quero tirar o calção – disse o menor.

– Ou tira ou não entra.

– Vamos tirar – disse Pedro.

Os gringos jogaram água em Pedro e este, embora sem vontade, retribuiu a brincadeira. Seu irmão afastou-se um pouco, sentando-se, e a água dava em seu pescoço. O capitão o chamou:

– Chega pra cá, guri, a gente tá fazendo um torneio pra ver quem tem o pau maior.

O irmão de Pedro não se moveu.

– É teu irmão?

– É – disse Pedro.

– Convida ele pra entrar no torneio.

– Ele não quer.

– Convida.

– Vem cá – disse Pedro.

O outro se aproximou, mas não muito. O capitão ergueu o regaço.

– Já viste deste tamanho?

---

* As guarnições da fronteira, anualmente, incorporam conscritos da zona colonial para completar o efetivo local. (N.E.)

– Já – disse o menino.
– De quem era?
– Do meu pai.
– Eu digo sem ser parente.
– Vi uma vez, do professor de Educação Física.
– E não deu vontade de sentar?
– Não.
– Ele não é veado – disse Pedro.
– E eu falei que ele era? Falei?
Pedro não respondeu.
– Eu chamei ele de veado? Responde!
– Não, não chamou.
– Ele só fez uma pergunta – disse o primeiro gringo.
– Isso, uma pergunta – confirmou o capitão. – De vez em quando alguém pode ter vontade de sentar numa coisa dura e isso não quer dizer que seja veado. E então, maninho, deu vontade ou não deu?
– Não.
– Nem de pegar um pouquinho?
– Pára com isso – pediu Pedro. – Ele é pequeno.
– Pesa mais de trinta quilos – disse o terceiro gringo, que até então se mantivera calado.

Os gringos riram, menos o quarto, que não falava, não ria e visivelmente se masturbava. Pedro viu que o irmão estava vermelho, de olhos baixos.

– Faço um trato – disse o capitão. – Ele pega o meu e depois o tenente pega o dele. Certo, tenente?
– Certo – disse o primeiro gringo.

O irmão de Pedro olhou para Pedro. Pedro sentiu-se tentado a dizer sim, para acabar de vez com aquilo, mas o menino, ou porque lhe adivinhara o pensamento, ou porque chegara ao limite de sua resistência, começou a chorar.

— Deixa ele — pediu Pedro uma vez mais.
— Qual é o problema? — tornou o capitão, empurrando-o com alguma violência. — Não entendeu que é pra calar a boca?
— A gente já vai embora.
— Não vai coisa nenhuma. E tu, guri — chamando o menino com o dedo —, me dá tua mão.
Pedro levantou-se.
— Onde é que tu vai, bundinha?
— Já volto.
Remexeu no monte de roupa e pegou o canivete.
— Olha só. Automático.
Apertou o botão e a lâmina saltou com um estalo. Os gringos olhavam para o canivete, menos o quarto, que não olhava para nada.
— Onde é que tu conseguiu isso? — quis saber o capitão.
— O Cobra me emprestou.
— Cobra? Quem é o Cobra?
— O chefe da quadrilha que manda aqui no bairro. Ele já feriu um homem com esse canivete.
— Deixa ver.
O capitão fez a lâmina recuar e a acionou novamente.
— Bacana. Me dá?
— Não posso.
— Pode sim, por que não?
— Tá bem — disse Pedro. — Depois explico ao Cobra que precisei dar de presente a um capitão. Agora a gente pode ir?
— Certo — disse o capitão. — Amigos?
— Amigos — respondeu Pedro, puxando o irmão.

Vestiram-se e enveredaram, a passos ligeiros, pelo matinho que orlava o sangão.

– Viu como ficaram com medo de mim?

– Não – disse o menino.

– Mas ficaram. Se eu não estivesse aqui, nem sei o que te aconteceria.

Ainda estavam longe da primeira rua e Pedro sentiu o coração disparar. Pela mesma trilha vinha o Cobra, o nº 1. Atrás dele, outro que Pedro não soube identificar se seria o nº 2 ou o nº 3. O líder era um guri amulatado, cara de índio, músculos fortes e socados.

– Como é que tá a água? – perguntou, de passagem.

– Boa – disse Pedro.

O irmão de Pedro seguiu caminhando, mas Pedro se deteve para olhar o quadrilheiro, com admiração e respeito.

– Cobra – gritou, rouco.

O Cobra parou adiante, voltando-se.

– Roberto. Cobra quem me chama é inimigo.

Pedro o alcançou.

– Roberto... – e teve um acesso de choro.

– Calma – disse o Cobra, olhando-o com simpatia.
– Meu irmãozinho... eles queriam pegar à força...
– Eles quem?
– Os gringos! Roubaram o canivete do nosso pai...
– Onde é que eles estão?
– Atrás daquele umbu.
– São muitos?
– Quatro.
– Espera aqui.

Assobiou para o parceiro, que se distanciara, e tomou a direção indicada. Pedro enxugou o rosto na camisa e chamou o irmão.

– O Cobra vai lá.
– Vai?
– Mandou esperar aqui.

O menino sentou-se numa pedra e ficou observando Pedro, que caminhava de um lado para outro e fungava e não tirava os olhos do matinho da restinga.

Minutos depois voltou o Cobra com o canivete.
– Obrigado, Cobra – disse Pedro.
– Roberto.
– Obrigado, Roberto, por esse grande favor.
– Não foi nada.
– Podemos ser amigos, não podemos?
– Claro – disse o Cobra. – Apareçam lá na praça.

Pedro e seu irmão iam retornando para o centro.
– Ele nos convidou pra ir na praça deles – disse Pedro.
– Eu ouvi.
– Ninguém vai acreditar. O Cobra! O nº 1!

O irmão de Pedro o olhou.
– Se o Cobra te pedisse pra pegar no tico dele, tu pegava?
– Que pergunta – disse Pedro.

Não chore, papai

Embora você proibisse, tínhamos combinado: depois da sesta iríamos ao rio, e a bicicleta já estava no corredor que ia dar na rua. Era uma Birmingham que Tia Gioconda comprara em São Paulo e enlouquecia os piás da vizinhança, que a pediam para andar na praça e depois, agradecidos, me presenteavam com estampas do sabonete Eucalol. Na hora da sesta nossa rua era como as ruas de uma cidade morta. Os raros automóveis pareciam sestear também, à sombra dos cinamomos, e nenhum vivente se expunha ao fogo das calçadas. Às vezes passava chiando uma carroça e então alguém, querendo, podia pensar: como é triste a vida de cavalo.

Em casa a sesta era completa, o cachorro sesteava, o gato, sesteavam as galinhas nos cantos sombrios do galinheiro. Mariozinho e eu, você mandava, sesteávamos também, mas naquela tarde a obediência era fingida.

Longe, longíssimo era o rio, para alcançá-lo era preciso atravessar a cidade, o subúrbio e um descampado de perigosa solidão. Mas o que e a quem temeríamos, se tínhamos a Birmingham? Era a melhor bicicleta do mundo, macia de pedalar coxilha acima e como dava gosto de ouvir, nos lançantes, o delicado sussurro da catraca.

Tínhamos a Birmingham, mas era a primeira vez que, no rio, não tínhamos você, por isso redobrei os cuidados com o mano. Fiz com que sentasse na areia para juntar seixos e conchinhas, e enquanto isso eu, que era maior e tinha pernas compridas, entrava n'água até o peito e me segurava no pilar da ponte ferroviária.

Estava nu e ali me deixei ficar, a fruir cada minuto, cada segundo daquela mansa liberdade, vendo o rio como jamais o vira, tão amável e bonito como teriam sido, quem sabe, os rios do Paraíso. E era muito bom saber que ele ia dar num grande rio e este num maior ainda, e que as mesmas águas, dando no mar, iam banhar terras distantes, tão distantes que nem Tia Gioconda conhecia. Eu viajava nessas águas e cada porto era uma estampa do cheiroso sabonete.

Senhores passageiros, este é o Taj Mahal, na Índia, e vejam a Catedral de Notre Dame na capital da França, a Esfinge do Egito, o Partenon da Grécia e esta, senhores passageiros, é a Grande Muralha da China – isso sem falar nas antigas maravilhas, entre elas a que eu mais admirava, os jardins suspensos que Nabucodonosor mandara fazer para sua amada, a filha de Ciáxares, que desafeita ao pó da Babilônia vivia nostálgica das verduras da Média.

E me prometia viajar de verdade, um dia, quando crescesse, e levar meu irmãozinho para que não se tornasse, ai que pena, mais um cavalo nas ruas da cidade morta, e então vi no alto do barranco você e seu Austin.

Comecei a voltar e perdi o pé e nadei tão furiosamente que, adiante, já braceava no raso e não sabia. Levantei-me, exausto, você estava à minha frente, rubro e com as mãos crispadas.

Mariozinho foi com você no Austin, eu pedalando atrás e adivinhando o outro lado da aventura: aquele rio que parecia vir do Paraíso ia desembocar no Inferno.

Você estacionou o carro e mandou o mano entrar. Pôs-se a amaldiçoar Tia Gioconda e, agarrando a bicicleta, ergueu-a sobre a cabeça e a jogou no chão. Minha Birmingham, gritei. Corri para levantá-la, mas você se interpôs, desapertou o cinto e apontou para a garagem, medonho lugar dos meus corretivos.

Sentado no chão, entre cabeceiras de velhas camas e caixotes de ferragem caseira, esperei que você viesse. Esperei sem medo, nenhum castigo seria mais doloroso do que aquele que você já dera. Mas você não veio. Quem veio foi mamãe, com um copo de leite e um pires de bolachinha maria. Pediu que comesse e fosse lhe pedir perdão. E passava a mão na minha cabeça, compassiva e triste.

Entrei no quarto. Você estava sentado na cama, com o rosto entre as mãos. "Papai", e você me olhou como se não me conhecesse ou eu não estivesse ali.

"Perdão", pedi. Você fez que sim com a cabeça e no mesmo instante dei meia-volta, fui recolher minha pobre bicicleta, dizendo a mim mesmo, jurando até, que você podia perdoar quantas vezes quisesse, mas que eu jamais o perdoaria.

Mas não chore, papai.

Quem, em menino, desafeito ao pó de sua cidade, sonhou com os jardins da Babilônia e outras estampas do Sabonete Eucalol, não acha em seu coração lugar para o rancor. Eu jurei em falso. Eu perdoei você.

Majestic Hotel

Entre cadernos velhos e brinquedos, na cômoda, encontrou um soldadinho de chumbo que dava por perdido. Pegou-o rapidamente, com receio de ter-se enganado, mas era ele, sim, aquele que trouxera de Porto Alegre, e que lindo soldadinho, com capacete de espigão, boldrié, mochila e espingardinha.

Fazia tanto tempo aquilo...

Não, nem tanto tempo assim, quatro ou cinco anos, talvez, ainda se lembrava do trem sacudindo e apitando, da buliçosa gare da estação, do carro de praça e, com mais nitidez, das sacadas que uniam os dois blocos do Majestic Hotel, onde o velho despenteado lhe dera um puxão no braço.

Nunca lhe disseram e tampouco perguntou por que tinham feito aquela viagem. Decerto era para consultar um médico, que outro motivo levaria à capital uma jovem mulher e seu filhinho? Também nunca soube por que, no hotel, ela não o levara uma só vez ao restaurante. Ficava no quarto, de repente ela aparecia com um pratinho encoberto por um guardanapo. Achava que estava doente, por isso não ia ao restaurante. Mas num daqueles dias ela o levou a uma rua comprida, cheia de gente, e ele supôs, contente, que talvez já estivesse curado.

Que rua grande, que rua enorme e era preciso caminhar, caminhar... teriam ido ao médico? Não se lembrava.

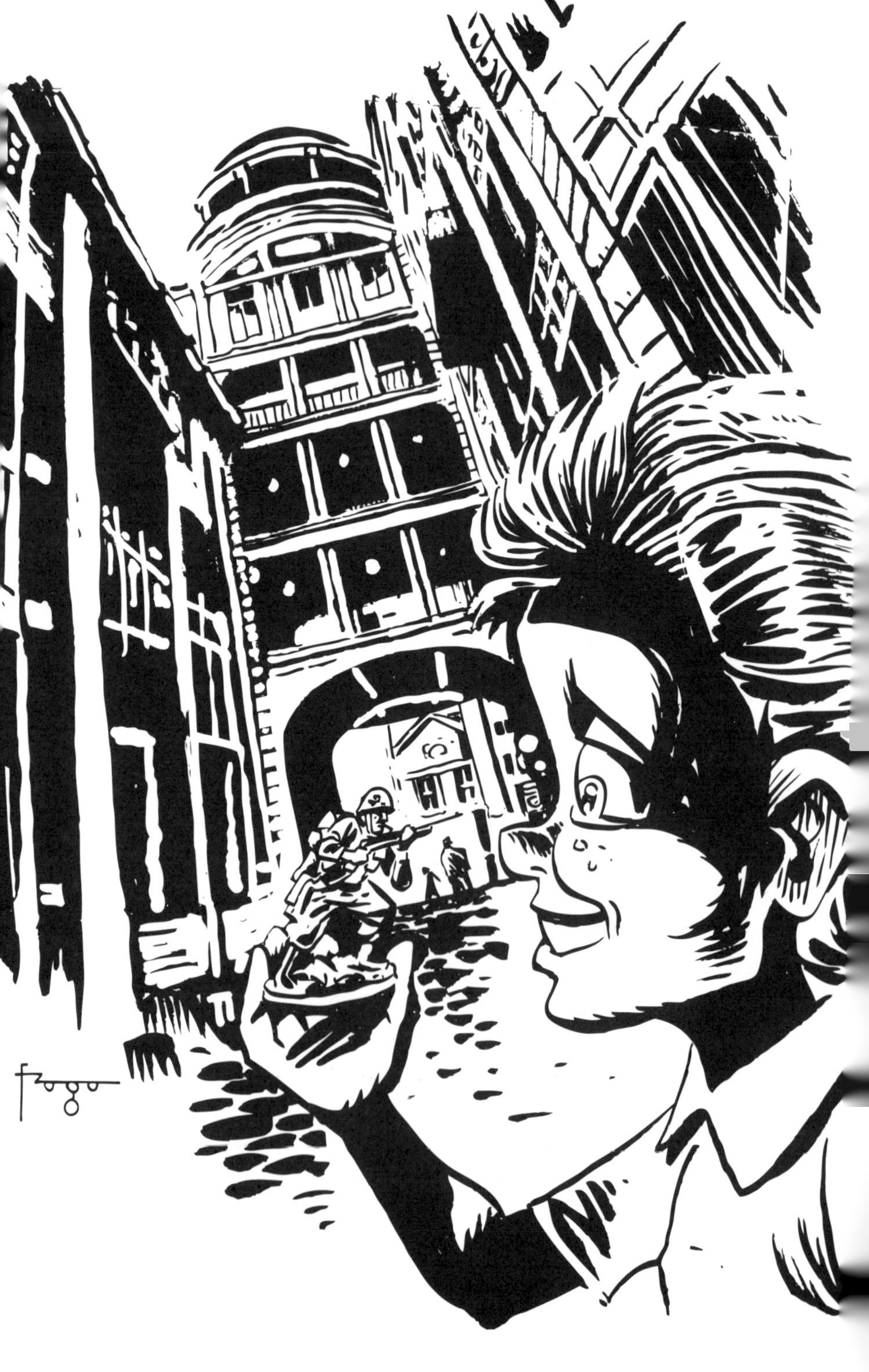

Mas lembrava-se muito bem da volta ao hotel, os dois de mãos dadas e ele orgulhoso de estar ao lado dela, tão bonita e cheirosa que ela era.

Passaram depois numa praça com um laguinho e um cavalo de pedra e também ali havia pessoas demais, só que sentadas, e pareciam de pedra como o cavalo do laguinho. E outras em pé, paradas, e outras movendo-se lentamente pelos caminhos da praça, e outras dormindo sobre jornais nos canteiros, e no meio desse exército de caras pôde notar que um homem os seguia e os olhava.

Não que os olhasse.

Olhava para ela.

Assustado, segurou a mão dela com força. Continuaram andando, e depois da praça olhou para trás e lá estava o mesmo homem, destacando-se dos outros, como um general à frente daquele exército. Queria apressar-se, puxando-a, mas a mão dela resistia e seus próprios pés, como nos pesadelos, grudavam no chão.

Quando, por fim, chegaram no hotel e pediram a chave, ficou espiando a porta e viu, com a respiração suspensa, que o homem entrava também e ainda olhava para ela. Teve a impressão, não a certeza, de que ela sorria levemente. Queria avisá-la, cuidado, ele quer te roubar de mim e de papai, mas não se animava, receoso de que sorrisse novamente aquele sorriso perigoso.

Subiram.

No quarto, vigiava-a. Ela se ausentou por uns minutos, retornou de banho tomado e começou a vestir-se para sair outra vez. Vou buscar tua comidinha, amor. Penteou-se, perfumou-se e calçou o sapatinho alto, de tiras pretas, que mostrava seus dedinhos delicados – tão delicados que, só de vê-los, aumentava sua inquietação. Não sabia que horas eram, achava que era dia e no entanto ela o fez deitar-se e que ficasse bem comportadinho, não abrisse a janela nem a porta e muito menos fosse àqueles sacadões altíssimos.

Deitado, esperava, e ouvia vozes no corredor e portas que batiam e ouvia também arrulhos de pombas e, às vezes longe, às vezes perto, a correria dos bondes a rinchar. E tinha medo, fome, tinha falta de ar e ela não voltava. A cama conservava o cheiro dela e ele, abraçado ao travesseiro, suplicava: "Volta, mamãe". E ela não voltava. E quando lhe ocorreu que ela poderia não voltar, desceu da cama, abriu a porta e seguiu pelo corredor, na esperança de avistá-la das sacadas. Subiu na grade e, sem entender, viu que era noite. Depois pensou que talvez tivesse dormido sem sentir, ou talvez já fosse noite antes e, por causa das luzes, pudesse ter pensado que era dia.

Foi então que apareceu o velho de cabelo em pé e quis pegar seu braço. Correu para o canto da sacada, ia gritar, mas o velho foi embora e em seguida veio um empregado do hotel, que o levou de volta ao quarto e permaneceu junto à porta aberta, sentado num banquinho, conversando, rindo, dizendo que tinha um filho de seu tamanho chamado José Pedro.

José Pedro, isso.

O pai de José Pedro só se retirou quando ela chegou com o pratinho da janta, preocupada, esbaforida, e depois de abraçá-lo, um abraço tão apertado que quase o sufocou, tirou da bolsa um embrulhinho e olha o que eu trouxe para o meu mimoso.

Não quis abrir, sentido, e ela mesma o fez. Gostaste, amor? Ele olhou e já não estava mais sentido. Estava feliz. Afinal, ela tinha voltado e com ela não viera um general, só aquele soldadinho envolto no perfume dela, tão bonitinho, o mesmo que agora ele apertava na mão e que, entre as lembranças do Majestic Hotel, era sua única certeza.

Doce paraíso

No último ano do ginásio meu pai me levou a morar com Tia Morena, a letrada da família. Para que tomasse gosto pelo estudo, dizia. Me queria médico, engenheiro, advogado, qualquer coisa que desse dinheiro, posição social e, enfim, uma vida mais acomodada do que a dele.

Tia Morena era professora de latim, solteirona. Sempre que se falava nisso, que não se casara, desandava em explicações sobre a absorvência da ação educativa. E todos acreditavam, pois feia ela não era. O que a prejudicava era a severidade no vestir, no andar, no tratar com as pessoas. Havia em torno dela uma muralha de respeitabilidade que ninguém ousava atravessar.

Morávamos perto do colégio. Era uma casa pequenina, mas tinha um quarto de estudos e era nele que eu dormia. Além da cama, havia uma estante com livros e uma escrivaninha, cujas gavetas muito me intrigavam: viviam trancadas e a chave ela trazia pendurada no pescoço, como um medalhão.

O quartinho era a minha prisão de todas as manhãs. Quando eu voltar quero o hino na ponta da língua, entendido? Sozinho, eu me punha a cantar:

Audierunt Ypirangae ripae placidae
heroicae gentis validum clamorem,

solisque libertatis flammae fulgidae
sparsere Patriae in caelos tum fulgorem.

Sem demora me enfastiava e matava o tempo desenhando no caderno, treinando chutes de botão, às vezes procurando um meio de chegar, sem deixar marca, ao conteúdo das gavetas. Era chato, mas a gente ia vivendo. Ela cozinhava para mim, ouvia comigo pelo rádio *O direito de nascer*, me acompanhava ao cinema se a fita era de amor, só virava bicho quando eu passava pelado do banheiro para o quarto. Que falta de vergonha, exclamava, a ruborizar.

Foi numa dessas manhãs latinas que aconteceu aquilo que, um dia, teria de acontecer: Tia Morena esqueceu-se de chavear a escrivaninha. Com o coração aos pulos comecei a vasculhar suas gavetinhas misteriosas. Fotografias antigas, cartas de amigas, jóias baratas, diplomas, nada havia que justificasse tamanha vigilância e eu me decepcionava, já repunha no lugar aquela barafunda de saudade quando, num saquinho plástico, descobri seu tesouro: um álbum pequeno, daqueles que as meninas usavam para copiar sonetos de J. G. de Araújo Jorge. Era o diário dela. E que espantosa descoberta! 90 páginas de solidão, fome, desespero de amor, que li e reli de cabelo em pé.

À tarde, no colégio, o diário não me saía do pensamento. Incrível que Tia Morena, ao menos a que eu conhecia, tivesse escrito aquelas loucuras todas num papel. Incrível que passasse a noite em claro, gemendo, ansiando por um homem. Me confundia, sobretudo, a revelação de que era assim tão vulnerável. Havia uma anotação sobre um pintor de paredes que a vira mudar de roupa. Outra relembrava um sonho, no qual era violentada por um tal de Amaury. E outras, muitas outras, e a que mais fundo

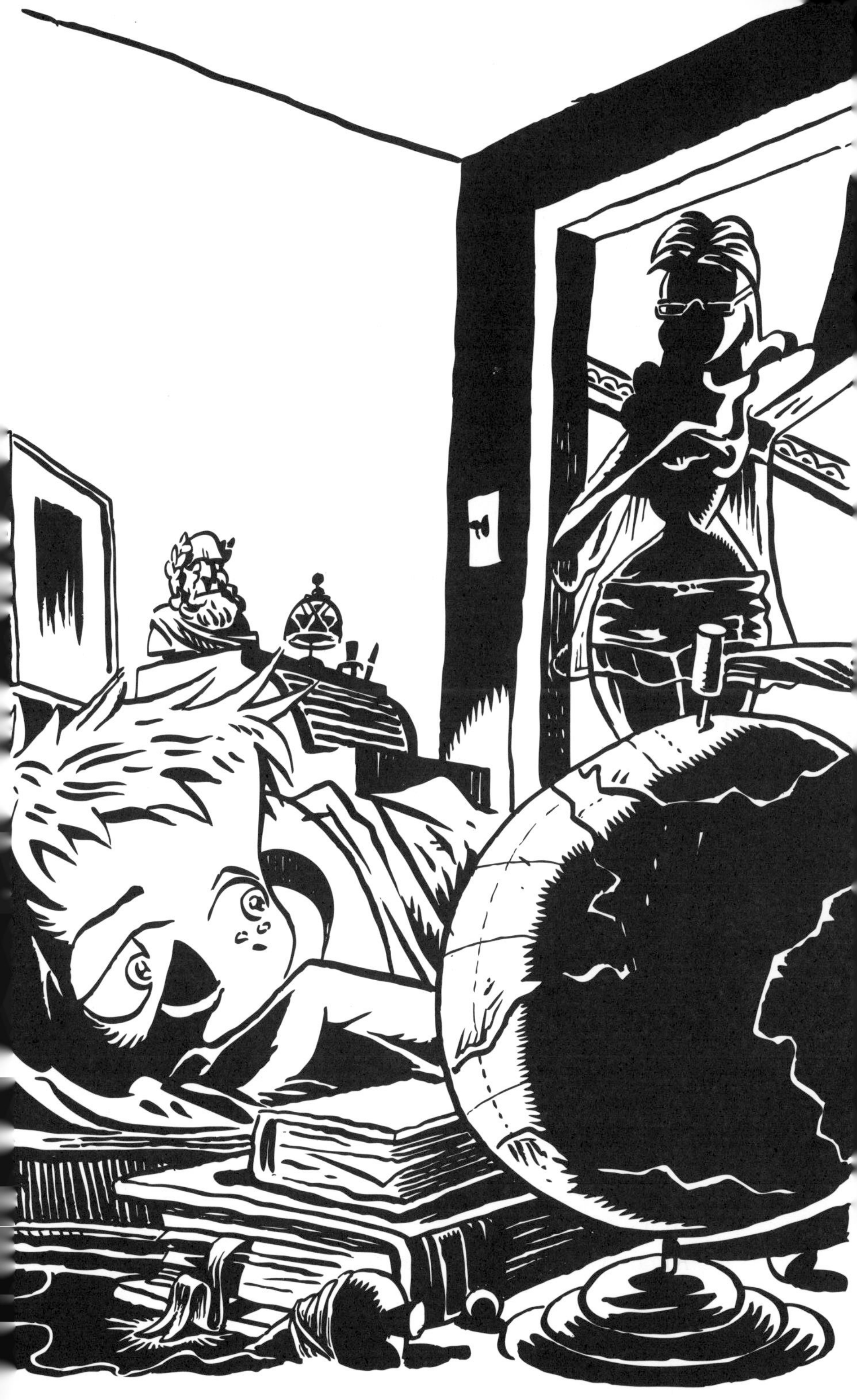

me calou: fogosa página sobre minhas corridas do banheiro para o quarto.

Ao voltar para casa, encontrando-a no banho, não pude resistir à tentação de espiá-la. Larguei a pasta no quartinho e pé por pé, no corredor, ia ouvindo o barulho da água, imaginando os movimentos que ela, nua, havia de fazer ao se ensaboar, imaginando a água em seus cabelos, no pescoço, no rego entre os seios. Tentava enquadrá-la no buraco da fechadura quando ela abriu a porta.

– Meu Deus, que é isso – gritou, horrorizada. – Já pro teu quarto, sem-vergonha!

Na cama, chorando, pensava em me matar. Como olhar nos olhos dela, depois daquela cena? Havia de me matar, naturalmente. Antes a vida era tão boa, pensava, por que meter o nariz no que não era da minha conta? Por quê? E soluçava, abraçado ao travesseiro.

Na hora da janta, já estava escuro, a porta do quarto se abriu e Tia Morena, de camisola, mão no trinco, ficou parada ali, recortada na luz da sala. Virei o rosto. Na parede a sombra dela começou a crescer, agigantou-se, ela estava ao lado da cama, decerto me olhando, me odiando, amaldiçoando a hora em que me aceitara em sua casa. Encolhi as pernas à espera do castigo.

– Há certas coisas que precisas aprender – disse ela. E sua voz, não, nenhum sinal da dureza costumeira. – Estás ouvindo?

Voltei o rosto e ela, sentando-se, me beijou. Já és um homenzinho, sabe? Outro dia te vi sem roupa, não é verdade que já tens muitos pelinhos? Tomou-me as mãos entre as suas e assim permaneceu, quieta. Respirava forte, os seios visíveis sob a camisola, e jamais me passara pela cabeça que os tivesse tão bonitos e redondos.

— Alguém precisa te ensinar — ciciou, como em segredo. Apertava minha mão e pôs-se a conduzi-la suave e lentamente, como receando me assustar, mas no momento em que disse "não conta pra ninguém", transformou-se, abandonou-se sobre mim e ao seu langor, murmurando palavras que eu não compreendia, entrecortadas de ais e de suspiros.

No dia seguinte levantou-se tarde, pálida, com olheiras.

— Queres conversar sobre o que aconteceu conosco? — perguntou, sem me olhar.

Esperou minha resposta e esperou em vão, eu não falava, eu me engasgava. Ela então me olhou, um olhar machucado, ficou depois olhando o chão e eu fui saindo, quase fugindo para não chorar.

Andei pela cidade sem destino, andei e andei e por onde andava ia carregando aquela dor intensa. Mas não era uma dor comum, eu a gozava e a bebia e me sentia diferente, com o corpo até pequeno para os sentimentos de seu novo habitante. Então decidi, resolvi que chegando em casa diria exatamente isso, que me doía e era bom que doesse, e que eu não queria que essa dor passasse.

Encontrei-a sentada no sofazinho da sala, descalça, abraçando os joelhos erguidos. Me aproximei, ela ergueu o rosto. Estava séria, mas desaparecera por completo, talvez para sempre, a severa face da mestra de latim. Havia uma doçura profunda em seu olhar, decerto a que teriam os olhos de Eva no Paraíso, depois de seu pecado.

— Voltaste — foi tudo o que conseguiu dizer.

— Voltei — foi tudo o que eu disse.

A touca de bolinha

Certa vez eu voltava para casa numa noite de névoa e frio, arrastando pela calçada suburbana meu corpo aquecido pelo vinho. Trazia na mão, a picar nas pedras, minha bengala de rengo, na outra um pequeno embrulho com as sobras da janta num bar enfumaçado. À curta distância do sobrado onde morava avistei um vulto na soleira de uma porta, como um cão que dormisse ao relento, vulto que não se movia e que em dado momento se me afigurou como apenas uma mancha nas tábuas da porta. Ao confrontá-lo no passeio oposto me aconteceu ouvi-lo, e eu jamais soubera que cães vadios pudessem soluçar.

Atravessei. Na soleira, encolhida, estava uma criança. Com as picadas da bengala ela ergueu apressadamente o rosto, descobrindo-o para a tênue claridade da luminária distante. Era uma menina. Daquelas meninas que às vezes você vê na rua e que te abordam, te tocam no braço, "dá um troquinho, tio" e aparecem e desaparecem misteriosamente, como os cães vadios.

Naquele bairro e naquela rua viam-se com freqüência adolescentes extraviados e até crianças que vinham esmolar na porta do cinema. Eu nada podia fazer por eles, nada era, nada tinha senão aquele sobrado que fora do meu avô e agora estava em ruínas, pertencendo mais aos ratos do que a mim. Nada podia fazer, exceto vê-los e me compungir e depois vê-los de novo, todas as noites, na frente do cinema ou a perambular em grupos pelas ruas escuras. Mas há uma diferença entre ver crianças a vagar como sem destino e ouvir uma garotinha a chorar no teu caminho, sozinha na noite e como à tua espera.

Me aproximei, toquei no seu braço e ela recuou no degrau, triste e desengonçada figurinha: sapatos sem meias, rotos, perninhas juntas, vestidinho fino, cabelos escorrendo da touca de bolinha e olhos muito abertos que tinham medo e faziam perguntas.

– Não – eu disse, mansamente –, não precisas ter medo, não vou te fazer mal.

E disse-lhe ainda que gostaria de ajudá-la. Por que chorava? Por que estava sozinha numa noite como aquela? E acaso pretendia dormir ali, num degrau de porta? Fitava-me, e quando respondeu o fez timidamente, quase a sussurrar. Sim, ia passar a noite ali e estava bem, a porta era funda.

– Não podes fazer isso – tornei –, vais adoecer e é perigoso. Por que não vens comigo? Eu moro naquele sobrado, é grande e tem lugar bastante.

Ela olhou para o sobrado, adiante, no outro lado da rua, e sem querer olhei também. Reconhecia que o convite não era muito sedutor. A parede já guardava poucos sinais do antigo reboco, e se as janelas do segundo piso ainda tinham alguns vidros, as do térreo eram apenas esqueletos com buracos negros. Ao lado, o portão quebrado, o macegal, um monte de caliça, um tonel virado. Mas a menina não se assustou com aquela imagem da ruína e aceitou partilhar comigo uma noite de destroços.

Estendi a manta na peça que um dia fora a sala e agora era depósito da farmácia que havia defronte, o magro aluguel que me sustinha. Dei-lhe a merenda que trazia e ela comeu vorazmente antes de deitar-se. Estava frio ali, estava úmido, e perto das janelas, então, era como andar na rua. Tentei cobrir os buracos com papelão de caixas vazias, mas não havia bastante e aqueles que eu colocava logo se desprendiam. Desisti, pensando que ao menos ela tinha uma coberta e estava dentro de uma casa.

Subi. Passava das onze e eu estava exausto, com dores na perna enferma. Deitei-me na cama de casal que pertencera a meu avô, cobri-me com uma velha colcha e sentia tanto frio que não podia dormir. Devia ter tomado mais vinho, pensava, e me encolhia e tiritava debaixo da colcha, quase arrependido de ter cedido a manta. E pensava na menina e num resto de aguardente que havia na cozinha, e pensava na manta e num cobertor de uma vitrina, e pensava noutras coisas e pensava só por pensar, para enganar o frio, e apertava os dentes e esfregava os pés quando ouvi um estalido de madeira, depois outro, suaves barulhinhos cada vez mais próximos e muito delicados naquele lugar onde o silêncio, não raro, era rompido por desastradas correrias de ratos. Eram passinhos na escadaria, pezinhos descalços e receosos galgando os mesmos degraus que meu avô costumava golpear com suas botas de taco ferrado. Esperei, e como nada mais ouvisse, liguei a luz. Minha hóspede estava parada na porta do quarto, com a manta nos braços.

– Não dormes?

Fez que não e continuou imóvel. Se queres, tornei, podes ficar aqui, não me importo, e logo imaginei acomodá-la ao lado da cama, talvez deixar a luz acesa, e pensei depois que não, que aquela manta me fazia muita falta e não

havia mal algum que ficássemos juntos, lutássemos juntos contra a noite terrível.
— Vem deitar comigo, assim dividimos a manta. Tu não sentes medo e eu não sinto frio.
— Não tenho medo — disse ela.
— Melhor.
Aproximou-se e me entregou a manta, que estendi com cuidado em toda a largura da cama. Me deitei outra vez.
— Vem.
Sentou-se sem erguer a coberta, olhava para o mobiliário escasso e algumas roupas que estavam espalhadas.
— O senhor não tem mulher?
Não, eu não tinha mulher.
— Nem filho?
Também não tinha.
— Eu também não sou casada — disse ela.
Dei uma risada, ela voltou-se, surpresa.
— Que coincidência — tratei de remendar —, eu sem mulher e encontrar logo uma moça solteira... Mas agora vem deitar, te deita, essa manta parece fina mas é bem quentinha.
Ela pegou meu relógio na mesinha.
— Quantos relógios tens?
— Só esse.
— É de ouro?
— Ouro! Relógio de ouro eu vi uma vez, numa revista.
— Mas é bonito.
— Gostas?
— Gosto, é tão bonito.
— Podes ficar com ele.
Ela me olhou, não acreditando.
— Verdade — eu disse. — Se gostas, podes ficar com ele.
— E tu?

– Eu? Eu não preciso e até nem gosto desse relógio, é feio.
– Não é feio, não, parece um relógio de ouro.
Colocou-o no pulso.

– Obrigada.
– De nada. Agora te deita.
A gaveta estava aberta e ela pegou um livro, folheou, largou na mesinha.
– Por que tu guarda essa papelama na gaveta?
– São cartas.
– Cartas? Tem gente que te escreve?
– Não, ninguém me escreve. São cartas velhas, quase todas da minha mãe.
– Tu tem mãe?
– E tu, tens?
Não respondeu. Tinha apanhado algumas cartas e as olhava.
– Posso ver?
– Claro.
– Qual é que é da tua mãe?
– Quase todas.
– Essa é?
– É.
– E essa aqui?
– Também. Todas as que têm letrinha redonda são dela. Sabes ler?
Largou o maço de cartas sobre o livro, arredou a coberta, deitou-se tão longe quanto a cama permitia. Esperei algum tempo e apaguei a luz. A maldita perna ainda me doía, eu continuava com frio e estava com os pés gelados.
– Teu pé é quente?
– É.
– Deixa eu encostar o meu pé nele?
– Deixo.
– Obrigado.
Encostei os dois e me felicitei pela idéia. A manta, os pés que logo se aqueceriam, era só dormir.

– Tu tá acordado?
– Estou.
– Se eu te pedir uma coisa, tu faz?
– Depende.
– Lê uma carta pra mim.
– Quê?
– Lê uma carta. Numa hora daquelas, com um frio daqueles e com aquele cansaço, o travo do vinho e a fome – porque ela comera a minha panqueca –, que diabo ela estava pensando?
– Está bem – eu disse, ligando de novo a luz. Comecei a ler. Era uma das cartas mais antigas. Minha mãe pedia notícias, perguntava se eu deixara de fumar, "o cigarro vai acabar com a tua saúde" e recomendava que não deixasse de procurar o Dr. Álvaro, que podia me arrumar um emprego melhor. Já fazia muitos anos que não lia aquela ou qualquer outra das cartas que guardava, e enquanto lia considerava que não era bom ler velhas cartas de pessoas queridas. Era quase como reencontrá-las, mas dava uma saudade... Ai, mãe... Quando lavares tua camisa branca, não esfrega demais o colarinho, que está desgastado e acaba se rasgando. Deixa de molho à noite, no outro dia é só esfregar de leve e enxaguar. E não te esquece do meu conselho, quando saíres à noite põe o cachecol que te dei, por causa da garganta. Ai, mãe. Passados tantos anos eu já não sabia se tinha deixado a camisa de molho, que cachecol era aquele, e pela vida afora vinha pegando vento na garganta e fumando e sempre com minha tosse seca, meus pigarros, minha falta de ar. E o Doutor Álvaro, que fim tinha levado o Doutor Álvaro? Só queria ver a cara da minha mãe se soubesse do estado dessa perna, se me visse com o bordão, já feito um velho e sem ninguém, um fantasma da casa que a vira crescer e agora me via desmoronar, tão maltratado quanto suas

paredes, suas janelas, sua escadaria. A carta terminava com "muitos beijos da mãe que te adora e reza por ti".
– Acabou?
Ela estava com os olhos cheios de lágrimas.
– Ora – eu disse –, é apenas uma carta de mãe e é uma carta tão velha... Não vamos pensar em coisas tristes. Te encosta em mim que estou com frio, se quiseres um travesseiro eu espicho o braço.
Me deu as costas, tapou-se até o pescoço. No começo ficou longe, mas logo se aproximou um pouco, depois outro tanto, encostou os pés nos meus e adormeceu com a cabeça no meu braço. E ressonava, às vezes roncava e me despertava, eu a sacudia de leve para que não fizesse tanto ruído. E tentava dormir de novo e me demorava, então viajava naquele mundo caricioso e bom que a carta me trouxera de volta, de repente me dava conta de que aquela menina que dormia comigo, tão pequena, era sozinha como eu, tão mais velho do que ela, tão vivido, tão gasto. E sentia uma ternura imensa por aquela companheirinha, aquele pedacinho de gente que já sofria, sem compreender direito, as solidões e as amarguras da vida.
Na manhã seguinte, ao despertar, não a encontrei. E me senti fraudado, desiludido, triste: por que não se despedira de mim? Me sentei na cama, uma leve dormência repuxando o braço. Ao procurar os cigarros notei o relógio na cadeira. Por que não o levara? Nem o relógio nem qualquer outra coisa, que eu notasse. Eu tinha uma caneta prateada e ela estava na escrivaninha, em seu ninho de poeira e papel velho. Eu tinha um rádio de pilha e ele também estava ali, ao lado da carteira. Mas quando olhei para a mesinha, quando vi a gaveta aberta...
Ela deixara na gaveta, dobrada, a touca de bolinha, e levara todas as cartas da minha mãe.

Neste entardecer

É tão estranho, eu chego, olho, fico com a impressão de que me perdi e estou voltando à casa errada. São poucas as coisas que restaram. No topo da escada um guarda-louça está se abrindo ao peso dos camoatins. Mas da escada nem sinal, talvez aquele bronze ali tenha sido outrora o corrimão. É tão estranho, é algo tão fundo que trago em meu peito. Ando e sob minhas botinas estalam cacos do antigo lustre de pingentes. Tijolos soltos da lareira, sobre eles a viseira de um elmo e uma lança de ferro, vestígios de uma panóplia que já não lembro. Um busto mutilado do Major Verardo, candelabros cor de chumbo, latas velhas e os grilos estão cantando. Sim, esta é a casa. Vês? Aquela sombra na parede parece Vovó Rosário procurando suas agulhas de tricô.

Da janela hoje sem vidros ainda se avista o sítio até que desça para o rio, mas não se enxerga mais o rio. O mato cobriu o sítio e até os caminhos que papai cruzava com a rede às costas e sua linha de traíras. Cresceu ao redor de nossa casa, minou-lhe os alicerces com raízes, vai rachando as paredes e entrando dentro dela. O mato cobriu tudo. Com o mato vieram os ratos, as formigas, e é um milagre que a casa esteja ainda em pé.

Nossa casa, nosso sítio, parece mentira que isto outrora foi um paraíso ao pé do rio, um canto do mundo entre pomares, fontes, caminhos de saibro e plátanos seculares,

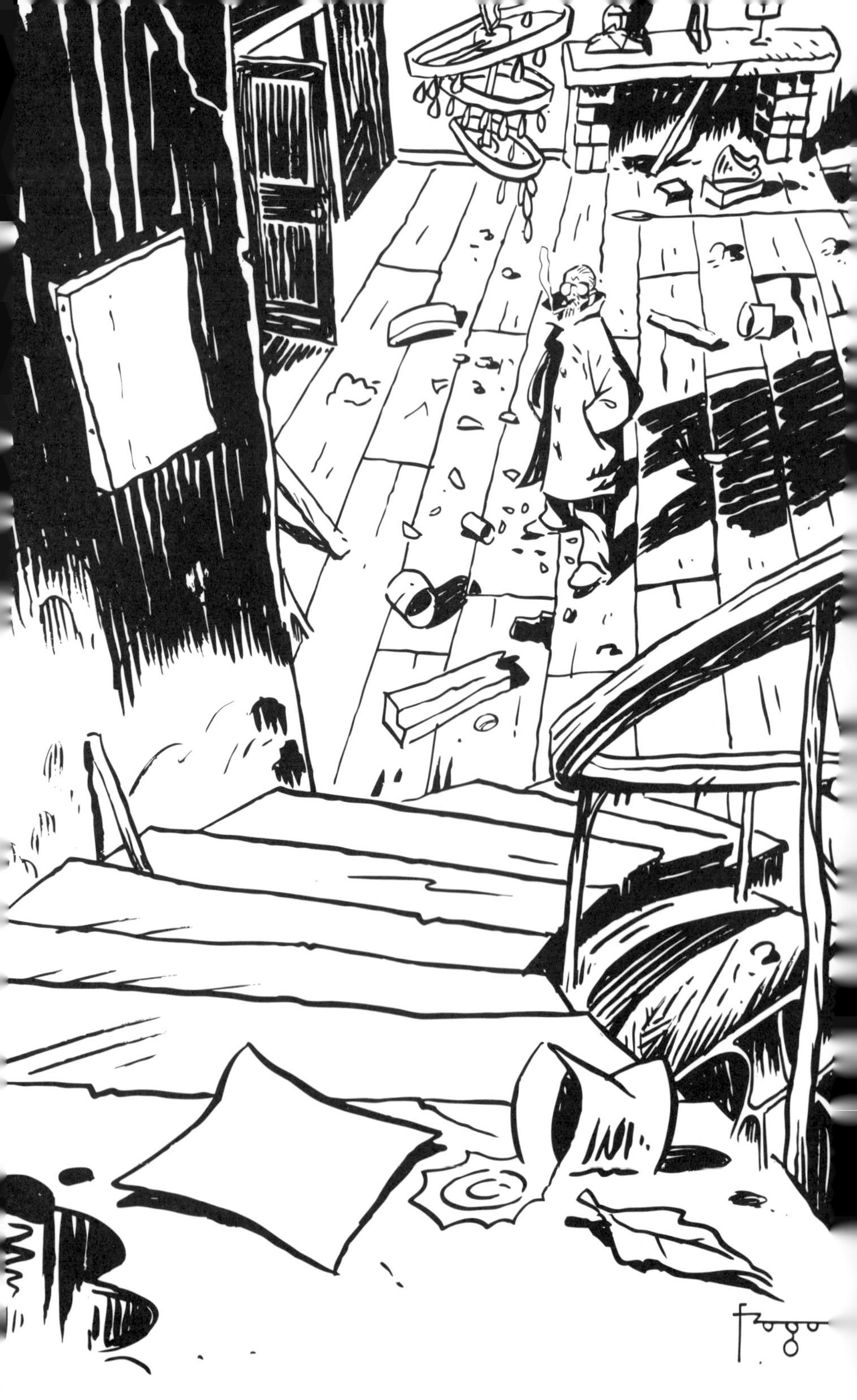

o reino em que tu reinavas com um sorriso nos lábios e a mãozinha gorducha a pedir sempre mais. Na madrugada batiam os tarros do leiteiro, passava o padeirinho anunciando o pão. Mamãe ficava à espera na varanda, escuro ainda, e lá em cima as estrelinhas a piscar, Vovó Rosário garantia que elas faziam plim-plim, plim-plim, chamando a gente, e aquele que fosse nunca mais voltava.

Rapadurinhas, queijo, suco de maracujá, em breve sairias a campo para as pequeninas crueldades matinais. Aqui era a empalação do caracol num pau de fósforo. Ali confundias as pobres formiguinhas com o dedo atravessado no carreiro. De vez em quando um maranduvá te queimava o lombo e era uma correria dentro de casa com talcos e pomadas. Não, tu não tinhas passado nem futuro. Para ti, Vovó Rosário tinha nascido de cabelos brancos e com dores reumáticas, Major Verardo era apenas um busto negro cuja vida e cuja obra não tinham sido deste mundo. A morte, para ti, não passava de uma moléstia das gentes pobres, que não se vacinavam no posto de saúde, e mesmo assim era uma ausência temporária. Em seguidinha, talvez no domingo, na retreta, no balcão da confeitaria ou na matinê, a gente encontraria o morto cheio de novidades, como quem viesse da Europa.

Sim, esta é a casa.

Esta é a casa e também é verdade que a casa é outra. Tudo mudou e das pessoas então nem se fala. Vovó Rosário partiu sem demora, um vento frio que pegou nas costas. O padeirinho desapareceu, sumiu, e o leiteiro, que fim teve o leiteiro? Mamãe, papai, também eles foram buscar sua fatia de luz na estrelinha plim-plim.

Tudo mudou e deves ter notado que eu mudei também, quem não mudaria? A vida é assim. De repente tu te olhas num espelho, no mesmo espelho em que te olhaste em outras manhãs na vida, e de repente tu te assombras. Aquela rugazinha ali, de onde é que veio? Teus cabelos começam a cair, e teus dentes, ah, já não podes trincar rapadurinhas. Pouco a pouco vais ficando como o vovô do busto negro, com as feridas da revolução.

Não, não desespera.

Não desespera, eu te peço, nem tudo está perdido, sempre resta a esperança de que a gente encontre o caminho que leva ao reverso das coisas, e então pode ser que tudo, tudo mesmo comece de novo. Te garanto que em algum lugar a vida continua. Me dá tua mão, passeia comigo pela casa. Os grilos estão cantando num ritornelo que vem desde o rio. Vem. Vou te mostrar como a casa ainda é bela neste entardecer. Pequenas avezinhas se aninharam nas janelas, e um boi está pastando em nossas ruínas.

GRÁFICA EDITORA
Pallotti
IMAGEM DE QUALIDADE

Santa Maria - RS - Fone/Fax: (55) 3220.4500
www.pallotti.com.br